VERMELHO
COMO O SANGUE

Jamily Cristina

VERMELHO COMO O SANGUE

SALLA SIMUKKA

Tradução:
Bárbara Menezes

Novo Conceito

Título original: As red as blood

1ª Impressão — 2014

Produção editorial:
Equipe Novo Conceito
Impressão e Acabamento Prol 071014

Este livro segue as regras da Nova Ortografia da Língua Portuguesa.

Dados Internacionais de Catalogação na Publicação (CIP)
(Câmara Brasileira do Livro, SP, Brasil)

Simukka, Salla
Vermelho como o sangue / Salla Simukka. -- Ribeirão Preto, SP: Novo Conceito Editora, 2014.

Título original: As red as blood.
ISBN 978-85-8163-579-8

1. Ficção finlandesa I. Título.

14-07954 CDD-894.541

Índices para catálogo sistemático:
1. Ficção : Literatura finlandesa 894.541

Novo Conceito

Rua Dr. Hugo Fortes, 1885 — Parque Industrial Lagoinha
14095-260 — Ribeirão Preto — SP
www.grupoeditorialnovoconceito.com.br

Era uma vez, no ápice do inverno, enquanto flocos de neve caíam como penas do céu, uma rainha que costurava junto à janela, cujo caixilho fora feito com a escura madeira do ébano.

Enquanto ela costurava, contemplando a neve, a agulha picou seu dedo, fazendo despontar três gotas de sangue, que caíram sobre a neve. Ao ver a beleza do vermelho sobre o branco, ela pensou consigo mesma: "Quisera eu ter uma criança branca como a neve, vermelha como o sangue e negra como a madeira do caixilho desta janela".

DOMINGO, *28 de fevereiro*

1

O branco cintilante espalhava-se por toda parte. Sobre a neve velha, uma camada nova e limpa caíra quinze minutos antes. Quinze minutos antes, tudo ainda era possível. O mundo parecera lindo, o futuro bruxuleava em algum lugar distante: mais esperançoso, mais livre e mais pacífico. Um futuro pelo qual valia a pena arriscar tudo, pelo qual valia a pena ir com tudo, pelo qual valia a pena tentar aproveitar a oportunidade.

Quinze minutos antes, uma neve suave e macia espalhara um fino cobertor de penas por cima da antiga camada de neve. Depois, havia parado, tão de repente quanto começara, seguida por raios de sol que se infiltravam nas nuvens. Dificilmente houvera em todo o inverno um dia tão bonito.

Agora, a cada instante, mais sangue invade o branco, espalha-se, ganha terreno, avança arrastado pelos cristais, mancha-os ao passar. Um pouco do vermelho fluíra mais adiante, um vivo e penetrante carmim salpicando a neve.

Natalia Smirnova, com olhos castanhos, fitou a neve salpicada de vermelho, sem nada ver. Sem nada pensar. Sem nada esperar. Sem nada temer.

Dez minutos antes, Natalia tivera esperança e medo mais do que em qualquer outro momento da vida. Com as mãos trêmulas, enfiara dinheiro em sua bolsa Louis Vuitton autêntica, ouvindo ansiosa até o menor farfalhar vindo de fora. Ela tentara acalmar os nervos, assegurar a si mesma que tudo estava bem. Ela tinha um plano. Porém, ao mesmo tempo, soubera que nenhum plano era perfeito, nunca. Um edifício intrincado cuidadosamente construído ao longo de meses pode desmoronar com o menor cutucão.

A bolsa também continha um passaporte e uma passagem de avião para Moscou. Ela não levava mais nada. No aeroporto de Moscou, seu irmão esperaria com um carro alugado, pronto para levá-la por centenas de quilômetros até uma *dacha*[1] que apenas poucas pessoas conheciam. Lá, sua mãe a esperaria com Olga, a menina de três anos, a filha que ela não encontrava havia mais de um ano. Sua filhinha ao menos se lembraria dela? Mas não importava. Um mês ou dois escondendo-se no interior lhes daria tempo para se conhecerem de novo. Enquanto esperavam até ela acreditar que estavam seguras. Enquanto aguardavam que o mundo esquecesse Natalia Smirnova.

Natalia abafara a voz incômoda na sua cabeça que insistia que ninguém jamais a esqueceria. Que não permitiriam que ela desaparecesse. Ela garantira a si mesma que não era tão importante que eles não pudessem simplesmente substituí-la se fosse necessário. E dar-se ao trabalho de rastreá-la seria incômodo demais, de qualquer forma.

Nesse tipo de trabalho, pessoas desapareciam de vez em quando, geralmente levando algum dinheiro com elas. Esse era apenas um dos riscos de fazer negócios; uma perda inevitável como a fruta estragada que uma mercearia tivesse de jogar fora.

---

[1] Típica casa de veraneio russa. (N.T.)

Natalia não contara o dinheiro. Ela apenas enfiara o quanto pudera na bolsa. Algumas das notas haviam se amassado, mas isso não importava. Uma nota amassada de quinhentos euros valia tanto quanto uma perfeita. Ainda poderia comprar comida por três meses com ela, talvez quatro, caso fosse muito cauteloso. Ainda poderia usá-la para comprar o silêncio de alguém por tempo suficiente. Para muitas pessoas, quinhentos euros era o preço de um segredo.

Agora, Natalia Smirnova, vinte anos, estava deitada com o rosto voltado para baixo, a bochecha na neve fria. Sem sentir o formigamento do gelo contra sua pele. Sem sentir o arrepio gelado de dez graus negativos nos lóbulos nus das orelhas.

O homem havia cantado para ela — com uma voz áspera, desafinada — sobre uma mulher chamada Natalia. Natalia não havia gostado da música. A Natalia da canção era da Ucrânia, enquanto ela era da Rússia. Por outro lado, ela havia gostado do homem que cantava e acariciava seus cabelos. Ela apenas tentara não prestar atenção à letra. Felizmente, havia sido fácil. Ela sabia um pouco de finlandês, entendia muito mais do que conseguia falar, mas, quando parou de se esforçar e deixou a mente relaxar, as palavras estrangeiras correram juntas, perdendo o significado e tornando-se nada além de combinações de sons que caíam da boca do homem enquanto ele docemente cantarolava contra o pescoço dela.

Cinco minutos antes, Natalia estivera pensando naquele homem e nas mãos um pouco desajeitadas dele. Sentiria ele falta dela? Talvez um pouco. Talvez só um pouquinho. Porém, não o suficiente, porque ele nunca a amara, não de verdade. Se ele a tivesse amado, amado mesmo, teria resolvido os problemas de Natalia por ela, como prometera tantas vezes. Agora, Natalia tinha de resolver seus problemas por conta própria.

Dois minutos antes, Natalia fechara rapidamente a bolsa, que estava abaulada de dinheiro. Depressa, ela a amarrara e, depois, olhara para si mesma no espelho do saguão da frente. Cabelos loiros descoloridos, olhos castanhos, sobrancelhas finas e lábios vermelhos brilhantes. Ela estivera pálida, com círculos escuros sob os olhos por ter ficado acordada até tarde. Ela estivera prestes a ir embora. Na boca, sentira o gosto da liberdade e do medo; ambos apresentavam um pungente sabor metálico.

Dois minutos antes, ela havia olhado o seu reflexo no olho e erguido o queixo. Aquela era sua chance de escapar, e ela a aproveitava.

Foi quando Natalia ouviu a chave girar na fechadura. Ela congelara no mesmo lugar, aguçando a audição. Um conjunto de passos, depois outro, e um terceiro. A Troika. A Troika vinha pela porta.

Tudo o que ela podia fazer era correr.

Um minuto antes, Natalia havia disparado pela cozinha na direção da porta do quintal. Ela tivera dificuldade com a fechadura. Suas mãos estiveram muito trêmulas para destrancar a porta. Depois, por algum milagre, ela cedera, e Natalia correra pelo terraço coberto de neve até o jardim. Suas botas de couro haviam afundado na neve fresca, mas ela continuara em frente sem olhar para trás. Ela nada ouvira. Ela pensara por um momento que talvez conseguisse, talvez pudesse escapar, talvez pudesse mesmo vencer.

Trinta segundos antes, uma pistola encaixada em um silenciador disparara com um estalido baixo e uma bala perfurara as costas do casaco de Natalia Smirnova e sua pele, por pouco não acertara a coluna e atravessara rasgando seus órgãos internos e, por fim, a alça de sua bolsa Louis Vuitton, que ela apertava contra o peito. Ela caíra para a frente na neve pura e intocada.

Agora, a poça vermelha embaixo de Natalia continuava a se espalhar, consumindo a neve à sua volta. O vermelho ainda estava voraz e quente, mas esfriava a cada segundo que se passava. Um conjunto de passos lentos e pesados aproximou-se de Natalia Smirnova enquanto ela estava deitada na neve. Mas ela não escutou.

SEGUNDA-FEIRA, *29 de fevereiro, de manhã cedo*

2

Três pessoas se acotovelavam entre grandes portas duplas, cada uma querendo entrar primeiro.

— Ei, me dá um pouco de espaço para eu colocar essa chave no buraco.

— Você nunca consegue enfiar nada no buraco.

Risadas, pedidos de silêncio, mais risadas.

— Espere. É isto. Consegui. E, agora, virar devagar. Bem devagar. Uau. É incrível. Digo, você acredita que dá para destrancar uma porta só virando uma chave? Como foi que alguém pensou em um sistema assim? Se quiser minha opinião, é a décima terceira maravilha do mundo.

— Cale a boca e abra a porta.

Forçando a porta até ficar bem aberta, os três empurraram uns aos outros enquanto se amontoavam para entrar. Um quase tropeçou. Outro começou a soltar gritinhos agudos e então riu de como eles ecoavam no grande espaço vazio. O terceiro coçou a cabeça e então digitou o código do alarme do prédio, um dígito por vez.

— Um... Sete... Três... Dois. É isso aí, consegui! E esta é a décima quarta maravilha do mundo. Poder desligar um alarme digitando alguns números. É isso aí. Agora eu sei o que eu vou ser quando crescer. Vou ser chaveiro. Isso existe, não é? Fazer coisas com fechaduras, eu digo? Ou talvez eu seja segurança.

Os outros dois não ouviam; eles já corriam pelos longos corredores vazios do prédio no escuro, gritando e rindo. O terceiro disparou atrás deles. As risadas ricocheteavam nas paredes, reverberando escadas acima.

— Nós somos os campeões!

Ampeões. Mpeões. Peões. Eões. Ões. Es. S.

— E estamos ricos *pra* caramba!

Colidindo de propósito, eles caíram no chão, rolando para ficar com as costas para baixo e rindo baixinho. Subindo e descendo pernas e braços no piso amplo de lajota. Então, um deles lembrou.

— Estamos ricos, mas o dinheiro é sujo.

— É. Dinheiro dinheiro dinheiro sujo.

— Ei, a gente devia ir para o quarto escuro. Por isso nós viemos.

Se eles pudessem ao menos se lembrar do que acontecera. A memória deles era como uma névoa de *flashes* de eventos separados que apareciam em intervalos aleatórios. Alguns vomitando. Outros nadando nus em uma piscina. Uma porta trancada que não deveria estar trancada. Um vaso de cristal quebrado e lascas que cortaram o pé de alguém. Sangue. Música latejante alta demais. "Oops!... I Did It Again". Uma música morta e enterrada que alguém colocara em repetição, sabe-se lá por quê. Alguém chorando desconsolado, soluçando e dizendo que não queria ajuda. O chão escorregadio com o rum derramado que tinha ao mesmo tempo um cheiro azedo e doce.

As memórias se recusavam a se encaixar em uma ordem lógica. Quem trouxera o saco plástico? Quando tinha trazido? Quem o abrira, colocara a mão dentro, puxara-a de volta depressa e lambera o dedo? Quando eles haviam percebido?

Preciso tomar alguma coisa. Rápido. Agora.

— Vocês ainda têm alguma coisa? Eu gostaria de mais uma dose.

— Tenho isto.

Três comprimidos. Um para cada. Juntos, eles os colocaram na língua e os deixaram dissolver.

— Esse é bom. Ah, é. Efeito legal.

Na câmara escura. Escuridão. Então, um deles apertou o interruptor.

— Que haja luz. E houve luz.

Saco plástico na mesa. Saco aberto.

— Ah, meu Deus, isso fede.

— Não é o dinheiro que está fedendo. Dinheiro nunca fede.

— É uma porrada de grana.

— E vamos dividir em partes iguais, em três.

— Isto é tão doentio! Nunca acontece nada assim comigo. Eu amo vocês. Eu amo todo mundo, maldição.

— Sem beijo. Vou ficar todo excitado e perder minha concentração.

— A gente poderia transar bem aqui no chão.

— Nada de transar também. Agora é hora de limpar.

Bandejas de processamento. Água, dinheiro.

Depois, tudo o que eles tinham de fazer era pendurar cada nota para secar.

— Isso é o que eu chamo de lavagem de dinheiro.

SEGUNDA-FEIRA, *29 de fevereiro*

3

— Vamos levantar! Vamos lá, levante essa bunda, dorminhoca. Nem pense em rolar para o outro lado!

A gritaria encheu os ouvidos de Lumikki Andersson. Infelizmente, a voz irritante era familiar demais, já que era sua. Ela havia gravado a si mesma no despertador do telefone porque achou que isso a faria sair da cama melhor do que qualquer outra coisa. E funcionou muito bem. Rolar para o outro lado nem passou pela sua cabeça.

Sentada de olhos vermelhos na borda da cama, ela olhou para o calendário com desenhos do Moomin pendurado na parede. Segunda-feira, 29 de fevereiro. Dia de um ano bissexto. O dia mais sem sentido do mundo. Por que não podia ser feriado internacional? Era apenas um dia extra, então por que as pessoas tinham de fazer alguma coisa de útil nele?

Lumikki enfiou os pés em chinelos azuis peludos e se arrastou para a pequena cozinha. Medindo a água e o café, ela colocou a cafeteira italiana no fogão para filtrar. Naquela manhã, não havia jeito de ela conseguir se juntar ao mundo dos vivos sem uma xícara de café forte. Do lado de fora ainda estava escuro,

escuro demais para estar acordada. Sem nenhuma luz para refletir, nem os montinhos altos de neve acumulada ajudavam. E ainda por um bom tempo a escuridão não diminuiria, mantendo toda a Finlândia em seu aperto sufocante até boa parte de março.

Ela detestava essa parte do inverno. Neve e frio. Muito dos dois. A primavera não estava logo ali. O inverno simplesmente seguia e seguia sem nenhuma esperança de acabar, desacelerando o mundo ao passo que o congelava de puro tédio. Ela sentia frio em casa. Ela sentia frio fora de casa. Ela sentia frio na escola. Estranhamente, às vezes ela percebia que o único momento em que não sentia frio era quando nadava no buraco gelado que era mantido aberto no gelo do lago, mas não podia passar todo o tempo lá. Vestindo um grande e cinza suéter de lã, Lumikki serviu-se de uma xícara de café. Depois, ela voltou para o único aposento de verdade da sua quitinete, preciosos dezessete metros quadrados, e se enrolou em uma poltrona velha e gasta para tentar se aquecer. Uma corrente de ar entrou pela janela, embora ela tivesse colocado mais proteção climática durante o outono.

O café tinha gosto de café. Embora ela não esperasse nada além disso. Ela não suportava todos aqueles cafés estranhos, cafés açucarados com chocolate avelã cardamomo baunilha. Café preto e forte, sem embromação, e um apartamento feito para morar. Era assim que Lumikki gostava de levar sua vida.

Sua mãe ficara chocada na última vez em que a visitara.

— Você não quer decorar um pouco? Fazê-lo se parecer mais com um lar?

Não, ela não queria. Lumikki morava naquele apartamento havia mais ou menos um ano e meio. Apenas um colchão grosso no chão, uma escrivaninha, um *laptop* e uma poltrona velha e confortável. Durante os primeiros meses, sua mãe insistia que compraria uma cama e uma estante, mas Lumikki recusara com firmeza. Seus livros ficavam em pilhas no chão. O único "elemento decorativo" era o calendário preto e branco do Moomin. Por que ela se daria ao trabalho de fazer seu ninho? Não era um *reality show*. Ela só moraria ali até terminar o colégio. A quitinete não era um lar no sentido de que ela fincaria raízes por mais tempo do que precisasse. Tão logo terminasse o colégio, Lumikki estaria livre para ir aonde quisesse sem ter de sentir a falta de ninguém nem de nada.

Seu lar também não estava cento e doze quilômetros ao sul, em Riihimäki, com seus pais. Naqueles dias, ela se sentia como uma estranha lá. Os móveis e a decoração a lembravam de coisas que ela preferiria esquecer. Coisas das quais se lembrava mais do que o suficiente em seus sonhos e pesadelos.

A reação dos seus pais ao fato de ela sair de casa fora cheia de contradições. Às vezes, parecia ser um alívio para eles. Era verdade que o clima em casa havia sido tenso, mas sempre fora assim; pelo menos desde que Lumikki conseguia se lembrar. Ela nunca descobrira de onde aquela tensão vinha, porque nunca vira mamãe e papai brigarem de verdade e nunca levantara a voz para eles. Conforme o dia da mudança se aproximava, a mãe e o pai haviam lhe dado abraços longos e frequentes, o que era estranho e um pouco irritante, já que a família deles não era assim.

Depois dos abraços, a mãe de Lumikki pegava o rosto da filha entre as mãos e olhava para ela por tanto tempo a ponto de a situação ficar um pouco esquisita.

— Tudo o que eu tenho é você. Só você.

A mãe continuava repetindo isso, aparentando que explodiria em lágrimas a qualquer segundo. Lumikki havia começado a se sentir assediada. Quando ela enfim levou seus pertences para Tampere com a ajuda dos pais e fechou a porta pela primeira vez depois de eles saírem, sentiu como se um grande peso, que ela nem sabia que carregava, tivesse caído dos seus ombros.

— Tem certeza de que vai ficar bem aqui?

Sua mãe sempre perguntava isso. O pai tinha uma abordagem mais prática.

— *Flickan blir snart myndig. Hon mäste ju klara sig*[2] — ele dizia, falando em sueco com ela em vez de em finlandês.

E era exatamente isso que ela iria fazer. A *flicka* adulta do papai iria cuidar de si mesma. Um pouco melhor a cada dia.

A menina que olhou de volta para ela no espelho do banheiro naquela manhã estava cansada. A cafeína não seguia seu caminho pelo corpo dela rápido o bastante. Ao lavar o rosto com água fria, Lumikki puxou seus cabelos castanhos para trás em um rabo de cavalo. Seus pais a haviam deixado presa a um nome que não tinha ligação com a realidade. Seu cabelo não era preto, sua pele não brilhava como neve fresca recém-caída e seus lábios não eram impressionantemente vermelhos. É sério, quem dá o nome à filha por causa da Branca de Neve? Não era tão ruim em finlandês; Lumikki era um nome de verdade, ainda que fosse também a personagem da história dos irmãos Grimm, mas mesmo assim. Por que não podiam ter lhe dado um nome sueco do lado da família do papai? É claro que ela poderia ter tentado fazer a imagem no espelho combinar com o nome com um pouco de tinta de cabelo e maquiagem, mas não via motivo para isso. Seu reflexo real no espelho era bom o suficiente para ela, e a opinião de outras pessoas era irrelevante.

Lumikki pensou no que vestir para a escola por precisamente três segundos. Decidiu continuar com o suéter cinza e vestir um jeans. Coturnos, casaco de lã preto, cachecol e luvas verdes, gorro de tricô cinza. Mochila da Fjällräven. Pronto.

A fome corroía seu estômago. Nem mesmo uma luz a havia cumprimentado na geladeira vazia. A lâmpada estava queimada havia algumas semanas, e ela não tivera vontade de trocar. Teria

[2] A menina está crescendo. Tem que aprender a se virar. (N.E.)

de comprar um sanduíche na lanchonete da escola. Talvez dois. E definitivamente mais café.

Um barulho familiar e caótico tomou conta dela às portas da escola. Todos estavam apressados e precisavam gritar sobre quão apressados eles estavam. Alunos do ensino médio eram, ah, tão articulados, tão brilhantemente criativos em suas formas de expressão. Lumikki sabia que estava sendo cruel, mas, em algumas manhãs, tolerar as roupas coloridas e os gestos afetados era difícil. E havia o acordo tácito que todos pareciam ter feito a respeito das linhas que não deviam ultrapassar para que todos pudessem assim ser "diferentes" e "únicos" do mesmo jeito maldito.

Por baixo de sua irritação, entretanto, Lumikki estava grata. Frequentar aquela escola era um privilégio. Significava que não precisava estar mais em Riihimäki. Fugir de lá havia sido o motivo para se inscrever na escola. Seus pais poderiam ter encontrado certa dificuldade ao deixá-la se mudar para tão longe e para uma cidade tão grande em outra circunstância, mas conseguir um lugar de prestígio em uma escola focada em Arte para a elite era uma boa desculpa. E, durante os primeiros semestres, Lumikki sentiu que havia morrido e subido aos céus. No entanto, essa sensação diminuíra gradualmente à medida que ela se acostumava ao lugar e começava a ver quanta inveja, afetação, fingimento, autopromoção e insegurança se escondiam por trás de todos os sorrisos felizes.

Felizmente, a escola não era apenas barulhenta, era também quente, e, aos poucos, as pernas e os braços duros de Lumikki começaram a acordar. Ela sabia que o formigamento insuportável era iminente, conforme o sangue começava a circular para seus dedos dos pés e das mãos de novo. Ela devia ter colocado dois pares de meias de lã e assim apertado os pés dentro dos coturnos. Jogando o casaco em um gancho, Lumikki correu escada abaixo até o refeitório e a lanchonete.

— Com legumes hoje ou simples? — a cozinheira perguntou quando viu Lumikki.

— Um de cada, por favor — ela respondeu. — E um café grande.

— Sem espaço para o leite — a cozinheira disse, com uma risada, enquanto enchia o copo de papel até a borda.

Lumikki sentou-se a uma mesa e deixou o calor afundar lentamente em seu corpo. Ah! A terrível sensação era como um bilhão de pequenas agulhadas, mas era inevitável com aquele tempo. Por um segundo, ela descongelou as mãos contra o copo de café e, depois, deu uma mordida no sanduíche. O pão era grande e saboroso, o tomate estava maduro e o pimentão, crocante. Lumikki era vegetariana financeira. Ela não comprava carne com o próprio dinheiro, mas, se outra pessoa comprasse e preparasse, ela ficava feliz em comer. Talvez isso fizesse dela uma hipócrita, mas funcionava.

Três meninas da mesa ao lado atacaram seus tímpanos. Cabelos loiros foram jogados. Cabelos curtos e escuros foram torcidos. Pontas duplas ruivas foram inspecionadas. Baby Doll da YSL, Fantasy da Britney Spears e Miss Dior Cherie pairavam no ar.

— Minha cabeça vai explodir se ele hoje me tratar como se eu fosse invisível. Se ele acha que pode ficar de amasso comigo nas festas e depois me ignorar na escola, ele precisa pensar melhor. Eu não consigo acreditar que ele já tenha dezoito anos.

— De qualquer forma, minha cabeça parece que vai explodir. Eu não devia ter tomado aquelas últimas bebidas. Nem sei o que havia nelas!

— Bem. Pelo menos a gente só estava bebendo.

Expressões fingidas de horror. Olhos arregalados.

— Ah, meu Deus, quem?

— Ah, vamos. Você precisaria ser cega para não reparar nas pupilas da Elisa, sua imbecil. E ela estava totalmente agitada.

— Ela sempre está assim.

— Mas estava, tipo, elevada à centésima potência.

Olhares furtivos. Três cabeças juntas, sussurrando. Lumikki bebeu todo o copo de café e olhou para o relógio. Ainda dez minutos antes da primeira aula. Em pé, ela pegou seu pão sem legumes e saiu. Ela não suportava ouvir a máfia do perfume na mesa ao lado, e o cheiro já a deixava enjoada.

A estrutura social da escola era bem simples.

Havia as meninas fúteis, que se importavam praticamente só com as aparências e queriam entrar na faculdade de Direito ou Administração. Elas frequentavam a escola de Artes porque tinham médias altas e porque elas eram, "sabe, muito criativas e tal".

Havia os grandes Artistas e ainda maiores Intelectuais, que viam a escola como uma forma de se mostrar.

Havia os gênios da Matemática, que sempre pareciam um pouco perdidos.

E, então, havia os alunos normais e comuns, que enchiam os corredores, lotavam as escadas, formavam filas infinitas no refeitório e tinham a mesma aparência, o mesmo cheiro e os mesmos sons. Ninguém se lembraria dos seus nomes dali a alguns anos. Ninguém se lembrava agora.

No entanto, havia também alguns alunos inteligentes que eram, na verdade, legais. E, em geral, Lumikki também não desprezava os outros estudantes. Ela sabia que os papéis que muitas pessoas representavam eram apenas máscaras que elas colocavam no começo de cada dia escolar para que fosse mais fácil encontrar seu lugar na multidão. Ela não culpava ninguém por isso. Porém, no seu primeiríssimo dia do ensino médio, ela decidira que não se deixaria ser forçada para nenhuma categoria. Ela não deixaria que ninguém a empurrasse para algum grupo de referência para que as pessoas pudessem fazer suposições fáceis a seu respeito.

Lumikki observara a formação das divisões, os agrupamentos e as turminhas com um pouco de interesse e uma leve diversão. Mantivera-se à margem, do lado de fora. Mas ela também não era uma esquisitona solitária, esgueirando-se pelas paredes vestida toda de preto. As pessoas se lembravam do nome dela.

Lumikki Andersson. A menina sueco-finlandesa de Riihimäki. A que tinha uma opinião cuidadosamente pensada sobre tudo. A que tirava notas perfeitas em Física e Filosofia.

A que representara Ofélia tão bem que dois professores enlouqueceram e o resto ficou tomado de emoção.

A que não participava de nenhuma pegadinha ou festa da escola.

A que sempre comia sozinha, mas nunca parecia solitária.

Ela era a peça do quebra-cabeça que não tinha seu próprio lugar, mas poderia de repente preencher quase qualquer buraco que fosse necessário.

Ela não era como os outros.

Ela era exatamente como os outros.

Lumikki aproximou-se da porta de fora da câmara escura e olhou para os dois lados do corredor. Ninguém por perto. Entrando no pequeno vestíbulo, ela fechou a porta atrás de si. Escuridão. Automaticamente, sem se atrapalhar, ela estendeu a mão e abriu a porta de dentro. Sua mão sabia a distância de cor. Escuridão impenetrável. Silêncio. Paz. Um momento consigo mesma antes de o dia escolar começar. Meditar. Recarregar energias. Um ritual diário do qual ninguém sabia. Um hábito que era tanto um eco do passado quanto uma parte integrante do presente. Durante muitos anos, Lumikki precisou encontrar esconderijos porque tinha medo. Encontrar cantos secretos e paraísos seguros era a sua salvação. Atualmente, a questão não era tanto o medo, mas o desejo de encontrar um local só para ela em um lugar compartilhado por todos. A câmara escura era um refúgio para onde ela se retirava por alguns segundos antes de ir de novo para o meio de todas aquelas conversas e sons e opiniões e sentimentos de outras pessoas.

Lumikki apoiou-se contra a parede e se voltou para a escuridão com os olhos fechados, esvaziando a mente pensamento por pensamento. A parte mais fácil era se livrar das coisas cotidianas e, em sua maioria, superficiais que giravam em torno da aula de Matemática, prestes a começar, ou talvez fosse ao mercado depois da escola, ou talvez fosse mais tarde naquela noite. Porém, naquele dia, por algum motivo, ela não conseguia ultrapassar nem o barulho mais superficial. Algo a empurrava de volta. Algo a invadia.

Um cheiro.

A câmara escura estava com um cheiro diferente do comum. Mas ela não conseguia reconhecê-lo com exatidão. Deu um passo à frente. Algo roçou delicadamente sua bochecha e ela deu um pulo para trás, acendendo a luz vermelha.

Uma nota de quinhentos euros.

Dezenas de notas de quinhentos euros penduradas na câmara escura para secar. Eram de verdade? Lumikki tocou a superfície da mais próxima com a mão. O papel parecia real, pelo menos. Ela olhou para garantir que não havia fotos sendo reveladas nas bandejas de processamento, depois acendeu a luz normal.

Ela apertou os olhos para as notas contra a luz. As marcas-d'água estavam lá, assim como os números vistos contra a claridade. Os filetes de segurança e os hologramas pareciam estar no lugar certo. Se as notas não eram genuínas, eram falsificações perfeitas.

O líquido nas bandejas de processamento era marrom alaranjado. Lumikki testou com um dedo. Água.

Olhando para o chão da câmara escura, ela viu que este estava coberto de manchas marrom-avermelhadas. Ela olhou confusa para o canto de uma nota de cinquenta, que tinha o mesmo tom ruivo. Então soube o que a incomodara na escuridão.

O fedor de sangue antigo e seco.

4

Lumikki olhou fixamente para fora da janela da sala de aula na direção das árvores brilhantes e congeladas e das lápides velhas e pequenas. Porém, a paisagem branca de cartão-postal não despertou interesse nela. Descansar os olhos lá era apenas mais fácil do que olhar a integral na lousa, já que sua mente queria trabalhar em outro assunto que não fosse Matemática.

Ela deixara o dinheiro na câmara escura. Ela havia saído de lá, fechando a porta e seguindo direto para a aula. Não dissera uma palavra sobre o acontecido para ninguém. Uma aula para considerar o que fazer.

A maneira mais fácil de não ter problemas na vida é se intrometer o mínimo possível.

Esse havia sido o lema de Lumikki durante anos. Sem intromissões, sem confusões, sem meter o nariz nos assuntos dos outros. Se você fosse quieta e só falasse quando tivesse algo bem pensado a dizer, poderia viver em paz. Até mesmo naquele momento, ela queria simplesmente esquecer a coisa toda. Esquecer as notas de dinheiro lavadas do sangue. Infelizmente, ela sabia que não era uma opção. As notas já estavam fixadas na sua cabeça com a mesma firmeza que o cheiro impregnado nelas. Ela sabia que eles não a deixariam em paz até ela fazer algo para esclarecer o mistério.

Provavelmente, deveria contar ao diretor. Dessa forma, Lumikki poderia transformar aquilo no problema de outra pessoa, tirá-lo de seus próprios pensamentos. Talvez o dinheiro tivesse algo a ver com algum projeto de arte. Nesse caso, não podia ser de verdade. Porém, por que alguém teria tanto trabalho para fazer dinheiro de mentira? As notas pareciam tão reais que a polícia com certeza as consideraria falsificações, e falsificação era crime.

Ou talvez as notas fossem reais.

Lumikki não conseguia pensar em uma única razão para alguém da escola ter decidido limpar tanto dinheiro assim na câmara escura. E, ainda mais, deixá-lo atrás de uma porta sem trancar. Era ridículo. Seu cérebro se agitava, tentando encontrar uma explicação lógica, mas sem sucesso. Ela fechou os olhos e viu as notas penduradas nos fios. Algum detalhe fundamental e decisivo, que revelaria a resposta, parecia faltar na imagem em sua cabeça. E não era como se ela fosse algum tipo de Sherlock Holmes que podia dar uma olhada e, depois, reconstruir instantaneamente a intrincada cadeia de eventos que levava a um monte de dinheiro pendurado na câmara escura da escola.

Lumikki precisava falar com o diretor. Ela deveria pegar o dinheiro e levá-lo para o diretor. Ou não deveria tocar nele?

O sol brilhava forte nos galhos das árvores, que respondiam com um brilho desafiador tão ofuscante que era dolorido olhar. Mesmo na sala de aula aquecida, Lumikki conseguia ouvir o gritinho do frio do lado de fora. Ela tremeu. O ar estagnado da sala era anestesiante, e os pensamentos dela se arrastavam como se abrissem caminho com dificuldade por uma gosma espessa.

Ela então tomou uma decisão.

Lumikki andou na direção da câmara escura, querendo confirmar o que vira. A cena toda havia sido tão absurda que talvez ela a tivesse imaginado. Ou entendido errado. E se apenas uma das notas fosse real e o resto fosse apenas dinheiro do Banco Imobiliário?

Nunca tire conclusões precipitadas. Esse era o segundo lema de Lumikki.

Bem, talvez chamá-los de lemas fosse pretensão demais. Eram mais como princípios ou pensamentos que tinham sido úteis ou benéficos em algum momento.

Lumikki deu um pulo quando um menino apareceu dobrando um corredor. Tuukka. Dezoito anos, filho do diretor, um aspirante a ator que achava que podia fazer o papel de substituto de Deus caso o convite um dia fosse feito. Os professores eram felizes adeptos da prática de tolerar o comportamento arrogante e pomposo de Tuukka e seus atrasos crônicos. No entanto, Tuukka parecia estar com pressa naquele momento. Ele provavelmente teria empurrado Lumikki com o cotovelo ou a mochila se ela não tivesse desviado dele discretamente.

Ela aprendera a sair do caminho sem as pessoas notarem sua movimentação. Era necessário calcular bem o tempo, e tinha de ser sutil o bastante para parecer natural em vez de parecer que reagia a alguém. Lumikki aprendera a não ser nem irritante nem subserviente.

Tuukka continuou a andar, acelerando até quase correr. Ele mal reparou em Lumikki. Ainda assim, era melhor esperá-lo desaparecer antes de seguir para a câmara escura. Assim que teve certeza de que ele tinha ido embora mesmo, Lumikki abriu a porta de fora, fechou-a, abriu a câmara escura e acendeu a luz vermelha.

Depois, piscou duas vezes.

O cheiro continuava o mesmo. O dinheiro havia desaparecido.

Lumikki falou um palavrão baixinho. Era isso que ela ganhava por não agir imediatamente. O que faria agora? Contar ao diretor que vira milhares de euros pendurados na câmara escura sem nenhuma forma de provar? Esperar que alguém lhe perguntasse a respeito e, então, descrever o que vira? Esquecer a coisa toda e registrá-la como uma alucinação criada por sono de menos e cafeína demais?

Ela se apoiou na parede da câmara escura e fechou os olhos. Algo a incomodava de novo. Algo fora do lugar, algo estranho. Seu cérebro havia registrado alguma coisa e agora tentava descobrir o que não devia estar onde estava. Lumikki abriu os olhos e descobriu o que era.

A mochila.

Tuukka nunca trazia mochila. Ele tinha uma bolsa de couro preto da Marimekko na qual mal cabiam os livros de que precisava em qualquer dia de aula. E, quando não cabiam, ele deixava alguns em casa. Bolsas de tecido colorido da Marimekko faziam parte do uniforme-padrão das meninas do colegial, mas Lumikki nunca vira ninguém com uma de couro além de Tuukka. Como acessório, ela se encaixava perfeitamente na zona cinzenta entre conformidade e individualidade, uma jogada cuidadosamente pensada em harmonia com o rebanho, com um toquezinho diferente e sutil. Mas, naquele momento, Tuukka estivera carregando uma mochila cinza desbotada, puída nas costuras e manchada nos cantos, jogada por cima de um dos ombros. Definitivamente não mantinha a imagem de semideus descido das alturas para agraciar os meros mortais com a sua presença. E ela estava bem cheia sem parecer pesada.

Lumikki podia resolver essa equação no mesmo instante.

A multidão regular da manhã estava reunida na Cafeteria da Praça Central: mães com os bebês e conversinhas e discussões sobre horários de sono, universitárias bebendo *lattes* que corroíam buracos nos seus orçamentos mensais e fingindo estudar para provas enquanto, na verdade, sonhavam acordadas com o futuro, e alguns homens vestindo ternos e com seus *laptops*, jogando Angry Birds ou checando o Facebook em vez de trabalhar em suas apresentações de PowerPoint. Máquinas de café chiando e gorgolejando. O cheiro de *cappuccino* e xarope de avelã pairando no ar. Doces que pareciam muito mais deliciosos do que eram na verdade. O suor que sobrepujava instantaneamente quem entrava pela porta usando casaco de inverno.

Lumikki sentou-se a uma mesa de canto com as costas viradas para o restante da cafeteria enquanto folheava uma revista e bebia seu chá. A uma mesa próxima estavam sentados Tuukka, Elisa e Kasper.

Depois de Lumikki perceber que o dinheiro estava na mochila de Tuukka, logo correu atrás dele. Ela tinha pegado depressa seu casaco, suas luvas, seu cachecol e seu gorro de tricô. Quando saiu correndo da escola, passou despercebida pela área reservada a fumantes e foi ao cemitério, onde parou e olhou ao redor à procura do garoto. No final do estacionamento, quase na Rua Häme, ela viu a mochila cinza balançando no ombro dele. Ignorando o ar frio que rasgava seus pulmões, Lumikki continuou correndo, depois reduzindo para uma corridinha leve e, em seguida, uma caminhada rápida para manter uma distância adequada. Veja, mas não seja vista. Mantenha o campo de visão.

Sua respiração, que mais parecia arquejos, passava direto de vapor para o brilho congelado, prendendo-se em seus cílios e nos cachos do seu cabelo que se projetavam por baixo do gorro. Em temperaturas tão abaixo de zero assim, os cabelos de todos pareciam prematuramente grisalhos.

Lumikki vira Tuukka entrar na cafeteria e esperara alguns minutos antes de segui-lo até lá dentro. Quando entrou, o garoto já estava completamente envolvido em uma conversa com Elisa e Kasper.

Agora, Lumikki fazia o melhor que podia para permanecer invisível. Imperceptível. Por sorte, ela sabia ser outra pessoa.

Logo ao entrar, ela fora ao banheiro, tirara o casaco e o suéter, soltara o cabelo e o arrumara em uma trança lateral, um estilo que, normalmente, nunca usava. Em vez de café, ela pediu chá. Folheava uma revista feminina, embora o normal fosse ter pegado o caderno de esportes ou a revista *Image*. Ela se sentou de um jeito diferente, colocou as mãos em posições diferentes, tombou a cabeça como se fosse outra pessoa.

As pessoas achavam que reconheciam umas às outras a distância, com base nas roupas ou no cabelo. Superficialmente, podia ser verdade, mas Lumikki sabia que, na realidade, reconhecer outra pessoa era um processo muito mais complicado, influenciado por centenas e até milhares de fatores como altura, postura, jeito de andar, proporções de corpo e rosto, expressões e até microexpressões que aparecem e somem num átimo que quase nunca é registrado conscientemente. Por isso disfarçar-se de outra pessoa era tão difícil. De acordo com alguns, era na verdade impossível sem recorrer a plásticas significativas e anos de treino.

Ainda assim, mudanças surpreendentemente pequenas poderiam eliminar as suas características mais reconhecíveis se soubesse o que fazer. Se alguém estivesse conscientemente procurando Lumikki, sabendo que ela estava lá, é claro que a reconheceria. Porém, se passasse os olhos pelo salão esperando uma multidão de estranhos, Lumikki era apenas mais uma menina poeta meio *hippie* tomando chá de camomila. Uma menina com nada familiar que saltasse à vista.

Assim, Tuukka, Elisa e Kasper não repararam em Lumikki, embora estivessem sentados quase ao lado dela. Afinal, eles tinham preocupações mais importantes. Eles tinham um problema.

— O que devemos fazer com isso? — Elisa perguntou aos meninos.

Assim que entrara na cafeteria, Lumikki reparara na aparência horrível de Elisa. A pele dela costumava ser clara, mas naquele momento aparentava ser quase cinza. Ela tinha olheiras e fora descuidada ao lavar ou tirar com um lenço sua última camada de maquiagem. Seu cabelo loiro artificial estava colado à cabeça e sujo. Em vez de estilosas, suas roupas faziam parecer que ela vestira, por acaso, o que quer que tivesse pegado primeiro. Elisa jamais seria vista assim na escola. O fato de ter tido coragem até mesmo de ir à cafeteria em tal estado era alarmante.

Elisa era uma das meninas mais bonitas da escola. Ela também cumpria bem o papel, e sua postura fazia todos acreditarem ainda mais na sua beleza. Vê-la assim, exausta e assustada, mostrava que sua beleza era uma máscara cuidadosamente construída cujo fator mais importante não era a cor certa de *gloss* nos lábios ou a sombra aplicada de maneira profissional, mas uma dose pesada de autoconfiança e uma atitude poderosa. O sorriso de Elisa fazia o coração dos meninos flutuar e as palmas de suas mãos suarem.

Até aquele dia, Lumikki nunca percebera a verdadeira natureza da relação de Elisa e Tuukka. Era óbvio que haviam namorado em algum momento, mas agora pareciam ser apenas amigos. Talvez uma amizade colorida. Elisa brincava com a pequena população masculina da Escola de Arte como queria e, é claro, como descendente de um grupo de elite, Tuukka era o sonho da maioria das meninas, mas alguma outra cola parecia uni-los também. Talvez eles pensassem que, por serem os alfas da escola, estavam tão acima dos outros que nunca poderiam pensar seriamente em namorar qualquer outra pessoa.

— O que devemos fazer? Dã. Devemos ficar com ele. E ficar de boca calada — Kasper disse.

Lumikki perguntava-se como Kasper havia entrado na escola. Ele parecia se concentrar mais em cabular as aulas do que em fazer a lição de casa. As fofocas pelos corredores diziam que ele estava à beira de ser expulso se a situação não mudasse. Kasper vestia-se de preto e usava joias de ouro extravagantes. Manter o cabelo ensebado para trás exigia uma quantidade significativa de gel, e, no seu mundo, ele claramente pensava que era algum tipo de artista de *rap* cheio de ouro, embora, na verdade, suas apresentações causassem mais pena do que animação na plateia. Kasper era um cara estranho, e não havia como saber se ele era um idiota ou, na verdade, um bandidinho sem importância. Durante muito tempo, Lumikki se perguntara, para início de conversa, por que Elisa e Tuukka andavam com Kasper. Elisa olhou ao redor e baixou a voz.

— Não podemos ficar com ele — falou.

O pânico na sua voz era audível.

— O que vocês acham que a gente deve fazer, então? — Tuukka perguntou. — Procurar a polícia?

Kasper deu uma risada sarcástica. O pai de Elisa era policial. Às vezes ela ouvia piadinhas inocentes e, às vezes, não tão inocentes a respeito disso.

— Não é nosso. Ficamos com ele por acidente. Alguém está à procura dele, e, se nos encontrarem, estaremos encrencados.

Elisa estava desesperada para convencer os meninos.

— Vamos lá, Elisa, pense. O que podemos fazer de verdade? Como podemos explicar tudo o que aconteceu sem nos encrencarmos? Tínhamos de ter feito alguma coisa bem naquela noite — Tuukka observou.

— Nós fizemos alguma coisa — Kasper disse, novamente em um riso sarcástico.

Elisa suspirou.

— É. Agimos como verdadeiros gênios.

— Parecia lógico na hora — Tuukka disse. — Mas você entende o que eu estou dizendo. Se falarmos sobre o... isso... teremos de falar sobre todo o resto. Não sei quanto a vocês, mas eu não posso correr esse risco.

— Nem eu — Kasper disse.

Lumikki ouviu as unhas de Elisa batucarem nervosas no tampo da mesa enquanto ela falava.

— Minha memória está muito confusa para dizer qualquer coisa com certeza. Nem mesmo sei definir o que aconteceu e quando. No geral, sei apenas que a minha casa estava uma bagunça fenomenal pela manhã. Vocês nem vão querer ouvir todos os lugares onde eu encontrei vômito.

— Aposto que você teve de esfregar muita coisa para seu pai não perceber que você não ficou estudando Física o fim de semana todo.

Kasper inclinou-se para trás na cadeira com um olhar divertido no rosto.

— Você está louco? É hoje que a empregada vem. Ela está limpando tudo agora mesmo. Eu prometi pagar o dobro se ela fizer a limpeza na metade do tempo e ficar de boca fechada. Se conseguisse ao menos me lembrar de tudo o que aconteceu, talvez pudesse...

— Meter a gente em um problema bem, bem grande? Parece um plano ótimo.

A voz de Tuukka tinha um tom duro e ameaçador.

Elisa ficou em silêncio por um momento. Na mesa ao lado, alguém chegou à fase seguinte de Angry Birds e soltou um "isso!" de satisfação.

— Certo, tudo bem — disse Elisa. — Vamos ficar de boca fechada. Por enquanto. Vamos esperar e ver o que acontece. Mas, preciso dizer, estou com um pressentimento muito ruim sobre isso.

— Talvez dez mil a façam se sentir melhor — Tuukka disse.

— O quê? Não, não quero nada.

— É claro que quer. Tenho três sacolas. Dez mil em cada. Estamos todos juntos nessa.

Houve um farfalhar e o som de um zíper quando Tuukka abriu a mochila sob a mesa. Lumikki virou um pouco a cabeça e observou pelo canto do olho enquanto dois sacos plásticos pretos e opacos foram transferidos da mochila de Tuukka para as bolsas de Elisa e Kasper.

Elisa apertou o rosto contra as mãos e soltou um suspiro angustiado.

— Merda. Hoje de manhã, quando acordei, eu esperava tanto que tudo não tivesse passado de um pesadelo.

— Ninguém viu você, não é? — Kasper perguntou a Tuukka.

— Não.

— E ninguém tinha ido à câmara escura? — Kasper perguntou.

— E simplesmente deixou tudo aquilo lá? Duvido muito.

Porém, havia tensão na risada de Tuukka. De repente, ele ficou em pé.

— Esta reunião acabou. Vocês podem ir agora.

— Ainda estou bebendo o meu *chai* — Elisa disse.

— Se eu fosse você, não andaria pela cidade com essa aparência por mais tempo do que fosse necessário — Tuukka disse. — E digo isso com todo o amor do mundo, querida.

— É. Olha quem fala — Elisa rebateu, mas se levantou.

Lumikki esperou até o trio ir embora. Depois, tentou engolir o restante do chá. Meu Deus. As pessoas bebiam mesmo essa coisa por vontade própria? Ela acabou deixando na xícara a borra daquela água suja muito cara. Quando um espaço de tempo seguro havia se passado, ela se agasalhou e saiu de novo para o frio congelante. Teria tempo de pensar no caminho para casa.

5

Um vento frio congelante e elétrico soprava pela ponte de pedra acima das corredeiras que passavam pelo meio da cidade. Lumikki apressou o passo, processando o que ouvira. Tuukka, Elisa e Kasper de alguma forma acabaram ficando com o dinheiro na noite anterior. Como, Lumikki não sabia. De quem era o dinheiro? Eles sabiam? Talvez não. Provavelmente não. Pareciam ainda mais confusos do que o normal quanto ao que acontecera na noite anterior.

O dinheiro obviamente já estava ensanguentado e os três tiveram a ideia de gênio de lavá-lo para a câmara escura da escola. Aquela era a parte mais difícil de entender. Quem pensaria em ir para a escola no meio da noite para limpar um monte de dinheiro sujo?

Pelo menos a gente só estava bebendo.

De repente, as palavras da máfia do perfume ecoaram na cabeça de Lumikki. Então as pessoas deviam estar fazendo mais do que apenas beber na festa da noite anterior. Algumas delas, pelo menos. Talvez Elisa, Tuukka e Kasper. Isso poderia explicar por que eles haviam pensado em uma solução tão ridícula. E explicaria por que não podiam contar a ninguém o que havia acontecido.

A filha de um policial. O filho do diretor. O cenário era tão clássico que levou Lumikki a fazer que não com a cabeça. Adolescentes de boa família desesperados para serem rebeldes? Entrar em jogos perigosos com drogas e álcool e sabe-se lá o que mais porque já não se animavam com mais nada? Ou queriam apenas ficar bem encrencados?

As pessoas escorregavam por toda parte no cruzamento perto da estação de trem. Nenhuma quantidade de cascalho que a cidade espalhava por aí era suficiente para garantir a tração em um lugar onde milhares de pares de pés poliam o gelo todos os dias. Lumikki deixou seus coturnos baterem com mais força no chão.

A situação ficara significativamente mais complicada. Ela não queria falar com o diretor agora. Nem com a polícia. Ela não queria nem um pouco se envolver naquilo, embora de maneira alguma os três não fossem seus amigos. Eles não significavam nada para ela, mas ela definitivamente não queria acabar no meio da tempestade de merda que com certeza explodiria se os dedurasse.

Uma dica anônima para a polícia? Definitivamente era uma opção. Eles levariam a sério? Talvez, se alguém tivesse relatado o sumiço de trinta mil euros. E, se não levassem a sério, não seria mais problema dela. Ela teria feito sua obrigação.

Conforme se aproximava de Tammela, Lumikki sentiu uma onda estranha de emoção. Seu apartamento não era um lar de verdade, não havia dúvidas, mas talvez ela começasse a ter certo carinho pelo bairro? Aquela ideia a divertia. Morcela e leite na praça Tammela. Os gritos dos torcedores de futebol vindos do Estádio de Tammela. Coisas banais que todos os moradores locais faziam. Nostalgia pelos poucos prédios de madeira que restavam da antiga Tammela e admiração pelos prédios de tijolos vermelhos da antiga Fábrica de Calçados Aaltonen. Não combinava em nada com Lumikki Andersson, que evitava todas essas coisas sentimentais. Ainda assim, por algum motivo, ela se sentia um pouco mais relaxada e um pouco mais confortável ali do que em outras partes da cidade. Orgulho da cidade natal não fazia parte do seu vocabulário, mas provavelmente havia coisas piores no mundo do que gostar de onde você mora. Talvez aquele bairro se transformasse no lar dela. Talvez ela pudesse começar a pensar naquelas ruas como suas. Talvez isso já tivesse começado a acontecer, embora, conscientemente, Lumikki não quisesse se apegar demais a um lugar.

Os gritos e as risadas e os berros de crianças ecoavam do pátio da Escola de Tammela. Lumikki observou meninas e meninos correrem e pularem e balançarem e escalarem, a vaporização de suas respirações e as suas bochechas vermelhas do frio. Com suas roupas grossas de inverno, eram como bonecos de neve gordinhos e coloridos. Ela passou os olhos pelos cantos do pátio da escola à procura de crianças solitárias abandonadas pelos colegas. Aguçou os ouvidos para diferenciar gritos de medo de gritos de alegria. Lumikki sabia que, para algumas crianças, esse pátio de escola brilhando ao sol de inverno era um reino de pesadelos onde os dias eram longos e negros como a noite.

Em volta do prédio *art nouveau* cor de limão da escola, uma garota caminhava sozinha. Ela andava devagar, a cabeça baixa. Lumikki observou a menina por um momento. Ela se virava a cada esquina para olhar para trás? Ela se encolhia de vez em quando? Era angústia em seus olhos voltados para baixo? Não. Quando Lumikki pôde enfim encontrar o rosto da menina, ela a viu sorrir para si mesma. Os lábios da menina se mexiam. Ela provavelmente criava uma história na sua cabeça que fazia sorrir com os olhos também.

"Ela não é como eu era na época", Lumikki pensou. Graças a Deus.

Ela então percebeu que algo não estava bem. Algo estava errado. Alguém estava perto demais.

Ela percebeu muito tarde.

De repente, mãos fortes a agarraram e a arrastaram para a sombra de uma entrada ali perto, empurrando-a com violência contra a parede de pedra. A bochecha de Lumikki foi apertada com força contra a pedra gélida. O ataque-surpresa deixou os braços de Lumikki moles enquanto seu agressor os puxava dolorosamente atrás das costas dela. Lumikki quase não conseguia segurar um grito.

Ela reconheceu o agressor pelo cheiro antes de ele dizer uma única palavra.

Tuukka.

— Você não é a única que sabe seguir as pessoas.

As palavras de Tuukka vieram com um calor desagradável na bochecha dela. O hálito dele fedia ao café que ele acabara de tomar e a um cigarro que acabara de fumar. Lumikki estava furiosa consigo mesma. Como ela podia ter cometido um erro tão amador? Como podia ter saído da cafeteria sem olhar à sua volta?

Nunca superestime sua própria esperteza. Nunca ache que você está completamente seguro. Ela devia ser mais esperta a essa altura. Suas habilidades haviam enferrujado em Tampere, uma vez que não era todo dia que ainda precisava delas.

— Eu vi você na cafeteria. Bem, você não, só essa sua mochila. E, depois, percebi que quase trombei com você lá perto da câmara escura. Muita coincidência, não é? — Tuukka disse, espremendo o braço de Lumikki.

Lumikki avaliou a situação depressa.

Se ela se mexesse rápido o bastante, talvez pudesse torcer os braços e se livrar do aperto de Tuukka. No entanto, não era garantido. E Tuukka era rápido. Ele simplesmente a pegaria de novo. Era melhor não lutar para não gastar energia sem motivo. Ela bem que podia ouvir o que ele tinha a dizer.

— O que você viu? O que você sabe? — Tuukka perguntou.

— Eu vi o a câmara escura. E ouvi o que vocês estavam dizendo na cafeteria. Isso é tudo — Lumikki respondeu tranquilamente.

Provocá-lo não a levaria a lugar algum.

— Droga — Tuukka disse. — Ninguém pode saber disso.

Lumikki não respondeu. A pedra áspera e gelada da parede esfolava sua bochecha. Ela tentou se mexer o mínimo possível.

— Você vai ficar de boca calada. Você não vai contar para ninguém. Você não sabe de nada. Ninguém iria acreditar em você mesmo.

Tuukka tentou soar ameaçador, mas havia incerteza em sua voz. Lumikki ainda assim não disse uma só palavra.

— Você me ouviu?

A voz de Tuukka estava mais alta e ainda mais insegura. Ele estava com medo. Ele estava com muito mais medo do que Lumikki.

— Ouvi — Lumikki disse.

Tuukka pensou por um segundo.

— Certo. Quanto você quer? — ele perguntou.

Agora sua voz era quase de súplica. Ele estava claramente preocupado com o que tudo aquilo poderia fazer com sua reputação.

— Não quero nada disso — Lumikki respondeu. — Mas agora você vai me deixar ir embora.

Não era um pedido nem uma ordem, simplesmente uma afirmação. Um fato. Nunca dê opções para as pessoas, apenas lhes dê diretivas simples. Não implore nem exija, apenas diga a elas como as coisas são. A convicção de Lumikki fez Tuukka soltá-la, e ela se virou, devagar, massageando os pulsos.

— Agora, isto é o que vamos fazer — ela disse, olhando nos olhos do menino com firmeza. — Eu não tenho a menor vontade de me envolver com isso. Eu não vi nada e eu não ouvi nada. Não vou dedurar ninguém, mas, se alguém me perguntar diretamente, também não vou mentir. Acho que vocês vão se encrencar por causa disso e não tenho intenção de salvar vocês.

Tuukka olhou para ela, hesitante. Suas orelhas estavam vermelhas por causa do frio. Ele não usava gorro. A vaidade parecia superar a praticidade. Ele claramente refletia sobre as palavras de Lumikki, ponderando sobre os riscos e suas opções.

— Certo. Combinado — ele disse, por fim, estendendo a mão.

Lumikki não a apertou. Tuukka a passou pelo cabelo e riu.

— Você é uma menina surpreendentemente durona. Talvez eu tenha subestimado você.

"Muitas pessoas fazem isso", Lumikki pensou.

Tentando recuperar a vantagem, Tuukka, de maneira presunçosa, tirou o cabelo de Lumikki do rosto dela.

— Quer saber? Você na verdade poderia ser bem bonita se mudasse este penteado horrível, largasse essas roupas do Greenpeace e aprendesse a usar maquiagem — ele disse, torcendo um canto da boca.

Lumikki sorriu.

— Quer saber? — ela respondeu. — Você na verdade poderia ser um cara bem esperto e legal se mudasse por completo sua personalidade horrível.

Ela não esperou para ouvir o que Tuukka poderia dizer sobre aquilo: apenas saiu andando, sem olhar para trás. Sabia que ele não a seguiria.

De volta ao apartamento, Lumikki olhou no espelho sua bochecha vermelha e formigando. A marca ficaria visível por pelo menos um dia. Porém, era pequena; ela já passara por coisas muito piores. Bebendo um pouco de água fria direto da torneira, ela decidiu não ir à escola no dia seguinte. Poderia se dar ao luxo de ficar em casa dessa vez. Depois, tudo voltaria ao normal. Ela iria para a escola. Ela esqueceria o dinheiro. Ela não se envolveria de nenhuma maneira.

TERÇA-FEIRA, *1º de março*

6

Eram 3h45 da manhã.

Boris Sokolov olhava fixamente para o celular como se este fosse uma barata gigante, fantasiando jogá-lo contra a parede. A ligação o acordara no meio de um sonho. Haviam mentido para ele. Haviam-no ameaçado. Ora, ele até toleraria ser acordado. A mentira o enojava. Mas o que Boris Sokolov odiava de verdade era ser ameaçado. Em especial por um homem que não devia ter tido nenhum direito de fazer ameaças.

Boris Sokolov trocou o chip do celular e digitou um número.

Depois de três toques, o estoniano atendeu. Boris pôde perceber que a ligação o havia acordado também. A voz do estoniano parecia viscosa e distante, embora ele só morasse a alguns quilômetros de distância.

— E então?

Boris começou a conversar com o estoniano em russo.

— Ele ligou. Disse que não recebeu o dinheiro.

— Ele está louco — o estoniano disse. — Nós levamos direto para a casa dele.

Boris saiu da cama e andou até a janela do quarto. O chão de tacos estava frio. Talvez ele devesse ter colocado carpete. Quem se importaria se sujasse? Ele poderia simplesmente substituí-lo a cada dois anos. O luar estava desagradavelmente brilhante. Dois conjuntos de rastros de coelhos cruzavam o pátio. O estoniano o ajudara a cobrir outro tipo de rastro, marcando um caminho de aparência natural até o outro lado do pátio. Removendo com cuidado qualquer neve que não fosse perfeitamente branca.

— Ele disse que esperou acordado a noite toda. Esta noite.

— Que diabos? Dissemos a ele que chegaria no horário de sempre, mas em um lugar diferente.

O estoniano estava começando a acordar de verdade agora.

Boris resmungou.

— Ele disse alguma coisa sobre um mal-entendido. Que ontem era 29 de fevereiro e o último dia do mês.

Ele bateu os dedos no peitoril da janela. Os coelhos tinham roído a macieira? Ele teria de construir algum tipo de cerca em volta dela. Ou ficar de vigia em alguma noite e conseguir uns dois assados de coelho para a geladeira. Sua própria geladeira desta vez.

— Sim, sim, mas o dia 28 não vira dia 29 por causa do ano bissexto. E por que diabos ele está esperando acordado hoje se já entregamos o dinheiro ontem?

— É isso. Ele diz que não entregamos. Que ele não viu nada. Nadinha.

O estoniano ficou em silêncio por um momento. Boris esperou para ver se seu subordinado chegaria à mesma conclusão que ele.

— Ele está nos enganando. Ele pegou o dinheiro. Ele percebeu o que aconteceu e agora está tentando dar uma de durão.

Sim, a mesma conclusão.

— O merdinha tentou me ameaçar. Ele disse que iria revelar tudo.

Boris sentiu-se encolerizar de novo só de dizer essas palavras. Ele apertou o celular, imaginando o triturar do exoesqueleto de uma barata no punho.

— Mas eu vou queimar no inferno antes de ver isso!

O estoniano estava furioso também. Ótimo. Eles estavam firmes do mesmo lado. Duas pessoas cometendo deslizes nas últimas trinta e oito horas já eram o suficiente. Não, já era demais. Dois era demais. Uma máquina em funcionamento só podia perder algumas peças por vez sem passar por consertos.

— Vamos garantir que ele não fale.

Boris disse as palavras com alívio. Ninguém o ameaçava sem as consequências disso. Ninguém brincava com ele e saía ileso.

Ele pensara que uma sacola de plástico cheia de dinheiro ensanguentado seria aviso suficiente.

Parecia que não.

Mas ele sabia jogar duro também. A diferença é que ele ganharia.

Terho Väisänen sabia que não havia chance de ele adormecer de novo. Ele ficou deitado de um lado da cama *queen-size*, embora pudesse ter se esticado por todo o colchão se quisesse. Ele sentia como se alguém cortasse pedaços da estrutura da cama embaixo dele e, a qualquer momento, ele pudesse cair no chão, que também cederia. Algo ruía, algo que ele pensara que fosse durar.

Terho Väisänen não podia dizer que estava orgulhoso de si mesmo. Houve manhãs em que ele tivera dificuldade para se olhar nos olhos, mas, em geral, a sensação ia embora quando chegava ao trabalho e se lembrava de quanta coisa boa fizera nos últimos dez anos. Quantos casos haviam sido solucionados graças somente a ele? Esse tipo de taxa de sucesso tinha tido seu preço, mas que seja.

Puxando as cobertas em volta do pescoço, ele fungou o aroma fresco da cobertura do edredom. Queria poder abraçar alguém, manter alguém aquecido apertado em seus braços.

Terho tentou telefonar mais uma vez. O telefone tocou e tocou, mas ninguém atendeu. Terho sentiu um medo vago criando raiz em algum lugar ao redor do seu plexo solar. Ele havia tido a sensação de que, após esta noite, tudo seria diferente.

7

Era uma vez uma noite que nunca chegava ao fim. Com sua escuridão, ela devorou o sol, estrangulando toda a luz e espalhando suas mãos frias e negras sobre a terra. A noite colou os olhos da humanidade e os fechou para sempre, tornando os sonhos mais profundos e estranhos, fazendo tanto homens quanto mulheres se esquecerem de si mesmos e deslizarem de braços dados junto a criaturas imaginadas, perdendo suas próprias memórias. Nas paredes dos prédios, a noite pintou suas imagens mais assustadoras, das quais todas as cores haviam fugido. Nos rostos da população adormecida, a noite respirou um ar frio e sufocante, que invadiu os pulmões, deixando-os pretos por dentro.

Ofegante, Lumikki abriu os olhos. Ela estava coberta de suor, e o peso da sua colcha parecia apertar sua garganta. Ela teve de jogá-la de lado e se sentar. Pés enfiados nos chinelos. Seguiu até a janela para olhar o parque do outro lado, uma cena familiar que poderia suavizar a ansiedade dura como pedra do pesadelo até ser apenas uma sensação incômoda e oca. A lua iluminava os amontoados de neve, os brinquedos do parquinho e os tetos dos prédios, envolvendo-os todos em uma pele prateada. As sombras ficavam paradas como figuras pintadas de preto na neve.

A luz brilhava nas janelas de dois apartamentos diferentes. Mais alguém estava acordado naquela manhã às 3h45. Uma hora perversa para estar acordado, contra a natureza humana. Apenas as imagens de pesadelos estavam fora a esta hora, impossíveis de distinguir das outras sombras para o olho humano. A borda inferior da janela estava decorada com uma renda de flores congeladas. Por instinto, Lumikki tocou no vidro frio, embora soubesse que os cristais de gelo estavam do outro lado. O calor da sua mão não podia derretê-los. O ar frio soprava em seus dedos, passando por uma fenda na moldura da janela. Lumikki puxou a mão de volta e tremeu.

Houve um tempo em que ela acordava esperando que a noite nunca acabasse e a manhã nunca chegasse. Ela havia sonhado com noites intermináveis nessa época também, mas foram sonhos esperançosos. Agora, eram pesadelos. Muitas coisas haviam mudado. Naquela época, Lumikki acordava pela manhã decepcionada por ter de se levantar e encarar outro dia que provavelmente não traria nada de bom. Ela sabia que haveria mais maldade a oferecer do que uma pessoa normal podia suportar. Mas ela suportou... Suportou por muitos anos. Talvez ela fosse anormal, como haviam alegado.

Agora, no entanto, Lumikki voltou para as cobertas e para a cama quente. A exaustão pressionou seus olhos a se fechar, e ela não teve mais pesadelos a noite toda. Não teve mais nenhum sonho, pelo menos nenhum de que se lembrasse no dia seguinte.

Lumikki acordou de novo com o sol brilhando. Já passava das dez horas. Seu corpo todo parecia estranhamente descansado e revigorado. Era assim que as pessoas deviam se sentir pela manhã, não como um zumbi acordado dos mortos pela enésima vez. Ela na verdade não costumava faltar à escola, mas, daquela vez, provavelmente havia sido uma boa ideia. Não queria ver o rosto convencido de Tuukka de novo tão cedo.

Lumikki esticou as pernas e os braços para fora da cama. O que ela deveria fazer naquele dia? Talvez ir à academia. Sua tia Kaisa havia comprado para ela um pacote anual em uma academia como presente de Natal. Lumikki não se sentia exatamente em casa cercada por todas as garotas animadas da aeróbica, mas suar sempre lhe fazia bem, e ela precisava ganhar músculos. Tuukka conseguira surpreendê-la e ter por um momento a vantagem. Mas, se Lumikki tivesse podido confiar em sua força física, soltar-se e dar a ele um gostinho de ter a própria bochecha apertada contra a parede fria de pedra teria sido fácil.

Não procure o poder por vingança. Procure o poder para evitar situações que a fariam querer vingança. Parecia nobre. Na verdade, tudo o que isso significava era que Lumikki nunca mais queria estar em desvantagem.

Ela não queria pensar no dia anterior. Só queria pensar no dia de hoje. No dia dela.

A mãe e a tia às vezes ficavam falando sobre como era importante as mulheres tirarem um tempo para se mimar. Sendo "mimar" um sinônimo para compras, chocolate, banhos de espuma, revistas femininas e esmalte. Lumikki estremeceu. Para ela, um dia assim não seria mimo, seria um fingimento constrangedor.

Para ela, um dia de mimo significava revistas em quadrinhos, alcaçuz preto, exercícios sérios, *curry* vegetariano e, acima de tudo, solidão. Sua mãe sempre se perguntava como ela conseguia se dar tão bem sozinha. Ela nunca ficava entediada? Lumikki não se dava ao trabalho de dizer que era mais provável ela ficar entediada com outras pessoas, ouvindo suas conversinhas sem sentido. Melhor sozinha do que mal-acompanhada. Quando ela estava sozinha, podia ser completamente ela mesma. Livre. Ninguém exigindo nada. Ninguém falando quando ela queria silêncio. Ninguém tocando nela quando ela não queria ser tocada.

Lumikki também gostava de exposições artísticas. Ela separava várias horas, carregava o telefone com música suficiente, de preferência Massive Attack, e seguia sem preconceitos, tentando não saber muitas coisas com antecedência sobre o artista ou o tema da exposição. Depois de pagar a entrada, ela entrava na galeria olhando para o chão, ligava os fones de ouvido e fechava os olhos. Esvaziava os pensamentos, enchendo a cabeça de música. Concentrava-se em respirar com regularidade e deixar a taxa de batimentos do coração ficar mais lenta. Depois de ter feito tudo ao redor desaparecer, ela abria os olhos e caía na primeira obra.

Às vezes, ela perdia por completo a noção do tempo. Imagens, cores, humores, a sensação de movimento nas telas ou no papel ou na fotografia, o senso de profundidade, a irregularidade e textura da superfície a arrastavam profundamente para um mundo que ela não reconhecia totalmente nem compreendia, mas que ainda era seu. Outros finlandeses tinham seus lagos e florestas, mas essa era a paisagem da alma de Lumikki. A arte falava com ela em uma linguagem que se entrelaçava com a música, formando caminhos que levavam à escuridão ou à luz. Os assuntos não eram importantes para ela. O que as imagens retratavam, ou se retratavam alguma coisa, significava menos ainda. Tudo o que importava era o sentimento.

Lumikki quase nunca saía de uma exposição sem ganhar alguma coisa dela. Às vezes isso acontecia, mas, em geral, o motivo era algum fator externo como fome ou fadiga ou estresse. Ou outras pessoas perturbando e fazendo tanto barulho que sua música não conseguia abafá-las. Algumas exposições eram como tornados que a deixavam ofegante em busca de ar e tentando recuperar o equilíbrio. Algumas ela sentia como um calor no peito por dias. Algumas reverberavam em sua mente. As cores persistiam nas suas retinas, pintando novos tons em seus sonhos. Ela nunca era a mesma pessoa depois de uma exposição.

Aquele dia não seria um dia de arte, todavia, pois Lumikki já fora ver todas as exposições itinerantes no Museu de Arte de Tampere, no Museu de Arte Sara Hildén e no TR1 Kunsthalle, e suas coleções permanentes já eram notícia velha. Ela costumava tentar ir a uma exposição no começo, mas não nas primeiras semanas. Depois de os fanáticos por artes *hard-core* saírem do caminho e quando os aspirantes ainda estavam em casa no sofá.

O sol fazia as flores congeladas da janela brilharem. Lumikki pensou de novo na ideia de dar uma corridinha curta antes do café da manhã. Ela olhou para o termômetro, que registrava vinte e cinco graus abaixo de zero. Não, obrigada. Respirar com dificuldade seria demais para seus pulmões.

De repente, seu celular tocou. Lumikki o pegou. Não reconheceu o número.

Não atenda números desconhecidos. Nunca. Esse havia sido seu lema antes, mas não mais. Nesses dias, ela tinha de ter a coragem de atender essas ligações também, já que morava sozinha e cuidava de todas as suas coisas.

— Lumikki Andersson — ela disse, em um tom formal.

— Oi, é a Elisa.

Elisa? Por que Elisa ligaria para ela?

— O Tuukka me disse que você sabe — a menina continuou depressa.

Lumikki suspirou. Ela não teria de convencer Elisa de que não iria tentar contar a ninguém também, não é?

— Eu não sabia para quem mais ligar. Os meninos não querem conversar sobre o que aconteceu. Estou enlouquecendo. Você precisa vir até aqui. Não aguento mais ficar sozinha. Estou com medo, me ajude.

A voz de Elisa estava aguda, desvairada. Ela claramente estava em pânico.

— Bem, não sei... — Lumikki começou a dizer, mas não conseguiu avançar antes de Elisa começar a soluçar.

Lumikki encarou as flores congeladas. E se ela simplesmente apertasse o botão vermelho para encerrar a chamada? E se desligasse o telefone? *Não se envolva. Não interfira. Preocupe-se apenas com seus próprios assuntos.* Por que era tão difícil respeitar seus lemas agora? Talvez porque Elisa estivesse chorando. Talvez porque ninguém nunca tivesse pedido a ajuda dela tão diretamente antes.

— Certo, eu vou até aí — ela se ouviu dizer para o telefone.

Lá se ia o dia para si mesma.

Elisa morava em Pyynikki, do outro lado do rio, na base de um morro largo e alongado que vigiava a cidade de Tampere e os lagos ao redor. O bairro mais caro da cidade.

Lumikki sentiu-se completamente deslocada parada no portão da frente com seu casaco de inverno puído. Um muro de pedra separava o grande quintal da frente da rua. Nos fundos da propriedade erguia-se o morro, que era famoso pelas trilhas arborizadas. Branca e impressionante, a casa em si era surpreendentemente grande. Lumikki sempre imaginara que pelo menos duas famílias deviam morar em cada um daqueles prédios, mas isso parecia não ser verdade, pelo menos naquele caso. Não havia nomes visíveis em nenhum lugar, como se os residentes daquelas casas tivessem medo de que suas caixas de correio revelassem muito sobre eles.

Mais uma olhada na mensagem de texto. Sim, ela tinha o endereço certo.

Dois leões de bronze sentavam-se sobre os postes de pedra do portão. Cada um segurava uma bola de bronze protegida sob suas patas. *Cuidado com os leões.*

Lumikki apertou a campainha. Segundos depois, Elisa abriu a porta da frente e se apressou até o portão usando um tipo de roupa de ginástica de lã cor-de-rosa. Lumikki podia estar usando roupas velhas e gastas compradas em uma loja barata, mas pelo menos não parecia uma fugitiva de hospício. Elisa abriu o portão e jogou os braços em volta de Lumikki antes que ela pudesse sair do caminho.

— Muito obrigada por ter vindo! Eu não tinha certeza de como você iria reagir, já que nós não nos conhecemos tão bem — Elisa tagarelou.

Ela cheirava a rosas e a riqueza. Lumikki não usava perfume, mas havia treinado o nariz para identificar diferentes marcas. Ela tinha na verdade ficado muito boa nisso. Houve um tempo em que identificar uma pessoa a distância com base apenas no perfume dela havia lhe dado os segundos extras decisivos de que precisava para escapar.

— Joy, de Jean Patoun — ela observou enquanto depressa se libertava do abraço.

Para ela, a recente inovação cultural na Finlândia de abraçar estranhos era como uma gripe teimosa que precisava de remédio rápido.

Elisa olhou para Lumikki admirada.

— Eu não sabia que você gostava de perfumes. Ganhei este do meu pai no último Natal. Dizem que é o aroma mais caro do mundo.

— É.

Lumikki não tinha desejo algum de ser presa em uma conversa sem sentido sobre perfumes e presentes de Natal. Nada de conversa fiada. Ela havia ido até lá porque Elisa estava em pânico e chorando. Se ela só estivesse ali para ser um tipo de cão de companhia, poderia dar meia-volta e retornar para casa no mesmo instante. Ainda conseguiria chegar à aula de *Body Combat*.

Elisa estava aos pulinhos como um coelho cor-de-rosa superanimado. Ela nem parecia ter notado até então o quanto a temperatura as afetava.

— Vamos entrar — disse.

Lumikki assentiu com a cabeça.

A casa era ainda mais bonita do lado de dentro do que do lado de fora. Tetos altos, janelas salientes, madeira clara, móveis que claramente custavam mais do que Lumikki pagava de aluguel no ano, muito sol de inverno derramando-se sobre chãos e outras superfícies sem revelar uma única partícula de poeira. A empregada que Elisa mencionara na cafeteria no dia anterior havia feito um trabalho excelente pelo pagamento em dobro.

— Lá embaixo ficam a sauna e a área da piscina — Elisa sentiu a necessidade de informar enquanto Lumikki tirava as botas pretas e o casaco, jogando luvas, cachecol e gorro de tricô na prateleira acima dos ganchos para casacos.

— Eu não vim aqui para nadar — ela respondeu, seca.

Elisa ficou constrangida.

— É claro que não. Desculpe. Você quer alguma coisa? *Cappuccino*, *mocaccino*, *latte*?

— Só café normal. Preto.

— Certo. Vou pegar. Você pode subir e esperar no meu quarto.

Lumikki começou a subir a escada. No patamar, havia um espelho em que ela olhou para aquela menina deslocada. Que diabos ela fazia ali? Concordar em vir havia sido um erro. Apesar de não querer, ela era sugada cada vez mais fundo em um pântano cujo fedor aumentava a cada minuto.

O quarto de Elisa parecia o lugar onde algo cor-de-rosa e preto havia explodido. As duas cores dominavam tudo, dos tapetes às paredes, das cortinas ao *laptop*. Aquilo era algum tipo de fase de princesa estendida com um pouco de *punk rock* matizado por cima para mostrar que ela era durona? O quarto tinha duas vezes o tamanho da quitinete de Lumikki. Também havia uma porta para uma pequena varanda.

Elisa parecia ter uma série infinita de joias e maquiagem. A estante estava cheia de filmes de terror e comédias românticas.

Lumikki procurou uma falha no quarto. O quarto de todo mundo tinha uma falha, algo que não se encaixava, que contradizia a impressão que a pessoa tentava passar.

Havia duas falhas no quarto de Elisa.

Na prateleira mais baixa da estante havia uma fileira de livros de astronomia. Eles haviam sido enfiados embaixo como se devessem ser mantidos fora da vista, mas havia uma quantidade suficiente deles para não poderem simplesmente ser os restos de um único presente equivocado ou estar lá por acaso. E agora Lumikki se lembrava de que Elisa sempre fora ótima em Matemática e Física.

A segunda falha era um volumoso novelo de lã e agulhas de tricô com o início de uma malha ou alguma coisa nelas. Então Elisa não queria que tudo fosse perfeito e comprado em lojas.

Interessante. Ou teria sido, se Lumikki tivesse algum desejo de conhecer Elisa. Naquele momento, ela simplesmente registrava aquelas irregularidades e as escondia na mente.

— Café preto! — Elisa anunciou à porta e entregou uma caneca a Lumikki.

Era preto. A caneca de Elisa era rosa. Essa observação divertiu Lumikki por um momento. Mas o trabalho de campo sociológico poderia terminar bem ali.

— Por que você me pediu para vir? — ela perguntou.

Elisa se deixou cair na cama e suspirou.

— Estou com muito medo e não sei o que devo fazer.

— Do que você se lembra sobre a noite da festa?

— Não muito. Ou, digo, eu me lembro de muitas coisas, mas estou com dificuldade para ligar qualquer uma delas.

— Conte desde o comecinho, com o máximo de detalhes possível, o que você lembra da festa e como vocês acabaram com o dinheiro — Lumikki sugeriu. — Depois, podemos pensar na melhor atitude a tomar.

Ela odiava o tom didático da sua voz, mas, naquele momento, tinha de falar com Elisa como se falasse com uma criança. As mãos da menina tremiam, embora ela apertasse sua caneca com força para fazê-las parar.

Devagar, Elisa começou a contar sua história, tão cheia de digressões que a tornava quase incoerente. Depois de saber que seus pais estariam fora da cidade na noite de domingo, ela decidira dar uma festa. A mãe partiria no sábado para uma viagem de trabalho de uma semana e o pai estaria fora durante a noite, também a trabalho. Elisa deu um relato enfadonho sobre todo o cuidado que teve com quem convidar e quais comidas e bebidas comprar. "Vá direto ao assunto", Lumikki pensou. Aquilo não era bem o que ela quisera dizer com detalhes. Se quisesse fofocar, Elisa podia encontrar outro ouvinte.

— Eu queria que a minha festa tivesse um pouco mais de brilho. Por isso, pedi ao Kasper para conseguir uns comprimidos para mim e para o Tuukka. Já tínhamos tomado os comprimidos juntos antes algumas vezes. Você fica com um barato muito melhor do que com álcool. E bebida demais sempre me faz querer vomitar.

A expressão mal-humorada de Elisa divertiu Lumikki. Quem não precisava vomitar depois de beber demais? Essa não era mais ou menos uma das características básicas do álcool?

— E onde o Kasper conseguiu os comprimidos? — ela perguntou.

— Não sei. E não quero saber. Às vezes ele anda com uma turma perigosa que é melhor evitar.

Um repentino tom virtuoso. Elisa parecia lembrar-se de que era filha de um policial.

— Mais alguém tomou?

— Não que eu saiba. Kasper é muito cuidadoso com as pessoas para quem ele vende. Não quer ser pego.

É claro que não quer. Lumikki podia ter contado a Elisa que pelo menos a máfia do perfume parecia saber muito bem que as pessoas festejavam com algo além do álcool.

— A maioria das pessoas começou a ir para casa por volta da meia-noite — Elisa riu. — Criancinhas boazinhas que não querem estar de ressaca na escola no dia seguinte.

Como Lumikki não riu junto com ela, Elisa ficou séria também.

— Certo, agora eu estou pensando: deveria ter parado a essa hora também. Todo mundo que ficou já estava muito bêbado. Eu sei que estava muito mal, e é aí que a minha memória fica confusa. Algumas pessoas vomitavam nos cantos. Alguém quebrou um vaso de cristal e se cortou nos cacos. A casa toda estava um caos. Acho que pedi ao Tuukka para expulsar uns idiotas.

Elisa havia baixado a caneca de café até sua escrivaninha. Ela começou a cutucar suas cutículas. Seu esmalte rosa-choque estava descascado nas pontas. Suas mãos ainda tremiam um pouco. Lumikki não disse nada. Era melhor deixar Elisa contar sua história sem direcioná-la com nenhuma pergunta. As memórias são mais confiáveis sem alguém as incitar.

— Às duas horas, todos tinham ido embora, exceto o Tuukka e o Kasper. Estávamos basicamente aqui em cima no meu quarto. Não precisávamos mais fingir que estávamos só bebendo. Então... Eram umas três horas.

De repente, Elisa ficou em silêncio. Ela engoliu em seco, depois franziu as sobrancelhas.

— Acho que fomos à varanda para fumar — ela continuou. — É, isso mesmo. E, depois, eu vi um saco de plástico estranho lá embaixo, no jardim. Estava ali, tipo, havia no máximo meia hora, porque eu ficava saindo para fumar e foi a primeira vez que eu o vi. Eu não costumo fumar, mas, nas festas, eu sempre só, tipo, quero muito uns cigarros.

De novo, o mesmo tom virtuoso e a máscara de fingimento. Lumikki teria admirado a representação se ela não a tivesse irritado tanto.

— O que você fez então? — ela perguntou, sem conseguir se conter.

Elisa começou a brincar com o coração dourado pendurado no zíper do seu agasalho cor-de-rosa. Ela o baixou alguns centímetros e, depois, puxou-o para cima de novo. Abrir e fechar. Abrir e fechar. Lumikki deu um gole no café. Estava dolorosamente fraco.

— Por algum motivo, acho que eu comecei a rir histericamente, porque o saco parecia tão esquisito jogado ali na neve. Não consigo explicar. Acho que eu estava muito mal. Deixei os meninos aqui em cima e fui pegar o saco. Quando entrei de novo, eu o abri no *hall*.

Elisa engoliu em seco de novo.

— No começo, eu não entendi o que era. Achei que fosse só lixo. Depois, puxei um dos pedaços de papel e percebi que era dinheiro. Coberto de sangue. A sacola toda estava cheia de notas ensanguentadas de quinhentos euros. Eu mexi lá dentro para verificar e minhas mãos ficaram todas cobertas de sangue. Pensar nisso me deixa enjoada. Mas, quando estava acontecendo, eu só ficava rindo. De alguma forma, era tão ridiculamente engraçado.

Elisa fitou o tapete cor-de-rosa no chão preto. As emoções no seu rosto passaram de náusea para nojo e de vergonha para medo.

— Eu nem pensei no porquê de o dinheiro estar... daquele jeito. Eu gritei para os meninos irem ver. Eles começaram a rir também e falavam várias vezes "nós todos estamos muito ricos agora". Não contamos o dinheiro na hora, mas a sacola tinha trinta mil euros. Na verdade, não estávamos nem pensando. É, você sabe, e precisávamos limpar o dinheiro de alguma maneira.

Eles haviam pensado que não poderiam lavá-lo na casa de ninguém, já que não teriam como deixá-lo secar sem que alguém notasse. Depois, Tuukka teve a ideia da câmara escura porque ele fazia aula de fotografia. E ele tinha uma cópia da chave da escola que fizera havia muito tempo. E ele sabia o código do alarme do prédio.

— Pareceu a ideia mais inteligente do mundo na hora — Elisa explicou, olhando para Lumikki com súplica. — Você consegue entender?

"Não", Lumikki pensou, mas não disse isso em voz alta.

— E, pela manhã, Tuukka teve de correr para tirar o dinheiro de lá — ela disse, em vez disso.

— Na minha opinião, devíamos ter deixado o dinheiro lá. Eu queria nunca mais tocar nele. Não consigo parar de pensar na origem de todo aquele sangue. Era de uma pessoa? E por que o saco estava no meu quintal? Quem o colocou ali? Nunca mais vou tomar nenhum raio de comprimido. Se eu estivesse sóbria, poderia ter visto quem trouxe o saco.

Elisa levantou-se e começou a andar de um lado para o outro, nervosa.

Lumikki levantou-se também, indo até a porta da varanda e abrindo-a. O ar frio a golpeou imediatamente, mas ela não se importou. Saiu para a varanda e olhou para o quintal embaixo.

— O portão estava trancado naquela noite? — perguntou.

— Sim — Elisa respondeu. — Verifiquei por volta das duas, eu acho.

Lumikki estimou a distância da rua para o quintal. Com uma jogada boa e forte, seria fácil o bastante jogar um saco de lixo por cima do muro de pedra.

— Tem câmera de segurança na rua?

Elisa negou com a cabeça.

— Tem uma no portão e uma na porta, mas não na rua.

Lumikki pensou. Ela deixou o ar cortante mordiscar seus dedos. Isso mantinha sua mente em alerta.

Alguém jogara um saco cheio de dinheiro encharcado de sangue por cima do muro do jardim de Elisa no meio da noite. O dinheiro apontava para um pagamento. O sangue apontava para um aviso. *Então, o dinheiro era uma ameaça ou um agradecimento? E para quem era? Tinham jogado o saco no quintal certo?*

Vista da rua, a casa da direita parecia muito diferente e o quintal se estendia mais. A rua fazia uma pequena curva na casa de Elisa, que ficava mais recuada, em uma esquina na qual a rua se dividia em duas.

— Quem mora ali? — Lumikki perguntou, indicando a casa da direita.

— Duas famílias com crianças pequenas. Acho que as duas mães são advogadas ou algo assim. Um dos pais é algum tipo de artista e o outro é funcionário público. As crianças não estão na escola ainda.

Lumikki analisou a casa geminada e o quintal. Confundi-la com a casa de Elisa parecia improvável. No entanto, a casa à esquerda, embora claramente mais nova, era parecida no tamanho, no formato e na cor. Até o muro era uma continuação daquele que ficava na frente da casa da família de Elisa. Alguém poderia facilmente ter confundido as duas no meio da noite.

— E quanto àquela?

Elisa estava parada perto dela na varanda agora, tremendo.

— Ah, ele? Ele é totalmente esquisitão. Tem mais ou menos uns quarenta anos, mas tenta parecer mais novo. É como se estivesse tentando viver uma versão pessoal de *Crepúsculo*, porque se veste com uns casacos de couro longos. Ele deve achar que parece algum tipo de príncipe dos vampiros ou algo assim. Sério, ele é patético. Não faço ideia do que ele faz. Mas deve trabalhar em algum lugar, porque todas as manhãs ele sai e volta à noite. Mora sozinho nessa casa grande, e nunca vi ninguém visitá-lo. Ele não diz sequer um "oi" na rua.

Lumikki olhou para Elisa, cujos olhos se arregalaram.

— O dinheiro devia ser para ele! Só que acabou parando no quintal errado! Ele faz totalmente o tipo que se envolveria em negócios ilegais ou sacrifícios de animais ou algo assim.

Elisa quase parecia satisfeita.

— É uma possibilidade — Lumikki disse —, mas não a única.

Se o dinheiro *tivesse* sido jogado no quintal certo, então o destinatário pretendido era Elisa, seu pai ou sua mãe.

Lumikki olhou para Elisa, cujos dentes começavam a bater. Ela era como um bicho de pelúcia que havia perdido a maior parte do enchimento, tremendo de frio. Era difícil acreditar que pudesse estar envolvida em qualquer coisa que resultasse em um pagamento de trinta mil euros. É claro que nunca se sabe. Lumikki considerava-se acima da média na capacidade de detectar mentirosos. Elisa não parecia mentirosa. Pelo menos, não uma mentirosa boa o bastante para conseguir enganá-la. Haviam mentido tantas vezes para Lumikki em sua vida que ela podia notar as mudanças de tom e expressão que expunham a maioria dos mentirosos medíocres.

— Ainda assim, tenho a sensação ruim de que alguém lá fora quer o dinheiro de volta. Agora mesmo — Elisa sussurrou.

Lumikki não tinha nada tranquilizador para dizer.

Ela concordava por completo.

8

Viivo Tamm tremeu. Ele não conseguia se lembrar da última vez em que sentira tanto frio. Tentou pular sem sair do lugar para se manter aquecido, mas os músculos duros das suas pernas não cooperavam.

Ele só estava parado em seu posto, perto da trilha de corrida do morro Pyynikki, havia uma hora, mas já sentia ir contra os limites do que conseguia tolerar. Vestia uma parca grossa com uma malha de trama apertada por baixo e um gorro de Thinsulate puxado por cima das orelhas, mas o frio ainda encontrava um caminho através das camadas. Ele atacava por meio dos menores buracos de agulha, correndo sem misericórdia pelo seu corpo, que lutava desesperadamente para manter uma temperatura segura. Viivo Tamm cedeu e fez a ligação.

Dedos duros cutucaram desajeitados os botões igualmente duros do telefone celular. Tirar as luvas revestidas de couro não era uma opção. Pegar o nome correto da lista de contatos e apertar o ícone verde de "chamar" levou cinco minutos.

— E então? — veio a pergunta esperançosa.

— Nem sinal. E não posso ficar aqui fora muito mais tempo. Estou congelando até a morte.

— Aguente — Boris Sokolov disparou e desligou o telefone.

Viivo encarou o telefone por um segundo, apertando os dentes. Sokolov e Linnart Kask estavam sentados no furgão de uma empresa de encanamentos bem no final da rua. Era muito fácil para eles dar ordens enquanto estavam sentados lá bem confortáveis e quentinhos.

E se a menina nem saísse naquele dia? Ou pelo mesmo não tão cedo. Os três não podiam continuar com a perseguição por horas e horas. Alguém iria notar o furgão e desconfiar. Perceberia que ninguém por ali precisava de encanador naquela hora. Trocar a placa do veículo e os logos custaria tempo e dinheiro, e nenhum deles queria fazer nada além do necessário.

Que inferno. Eles haviam tido certeza de que ver o sangue seria suficiente. Mas esse cara tinha nervos mais estáveis do que eles pensaram. Porém, agora ele estava tentando dar um passo maior que a perna. Sério, ele não podia dar nenhum passo. Nenhum deles podia. Nem Sokolov, embora ele ficasse feliz em fazer o papel de chefão. Mas, na verdade, ele estava com a coleira tão curta quanto o resto deles. Uma corda no pescoço ainda era uma corda, ainda que estivesse incrustada de diamantes.

Talvez o finlandês não tivesse se importado tanto com a mulher quanto eles haviam pensado, no final das contas. Talvez tivesse sido tudo fingimento. Independentemente disso, raptar sua filha com certeza o arrancaria da sua ilusão de grandeza.

Lumikki encarou os macarrões na sua tigela, que eram de um tom em algum ponto entre o cinza e o bege. Elisa dissera a verdade quando falara que não sabia cozinhar. Aparentemente, o refrigerador continha um suprimento de refeições que a mãe mandava serem preparadas antecipadamente para ela, mas esquentá-las era "tão trabalhoso" que Elisa preferia comer macarrão instantâneo. Lumikki provou os fios moles que flutuavam em caldo salgado e decidiu enfrentá-los. Ou, na verdade, os resmungos baixos e regulares do seu estômago decidiram por ela.

Ela estava com uma fome louca. A manhã transformara-se em tarde, e o único pensamento de Lumikki começava a ser o de quando ela chegaria à sua casa. Sempre que tentava começar a sair, Elisa inventava alguma desculpa para ela ter de ficar. Ela estava mesmo com medo de ficar sozinha.

A conversa das duas não ia a lugar nenhum. Elas já tinham falado sobre tudo em relação ao dinheiro. Haviam debatido se era para o homem do casaco de couro da casa ao lado. Elisa estava convencida de que devia ser.

— Minha mãe e meu pai não poderiam estar envolvidos em nada tão estranho. São boas pessoas.

No entanto, Lumikki sabia que não podia descartar a possibilidade de que o dinheiro fosse destinado a um dos pais de Elisa. Por isso, perguntara com o que a mãe de Elisa trabalhava. Aparentemente, ela trabalhava em uma empresa de cosméticos em uma equipe que cuidava dos assuntos internacionais. Não era uma grande executiva nem nada, mas Elisa disse que ela ganhava um bom salário.

— Ela passa quase metade do tempo viajando — Elisa disse, olhando para fora da janela.

Lumikki viu uma mistura de irritação e melancolia no seu rosto.

— Por sorte, o papai está quase sempre em casa — Elisa continuou, sorrindo. — A não ser, é claro, neste último fim de semana.

O pai de Elisa, o policial.

— Que tipo de policial seu pai é? — Lumikki perguntou.

Elisa baixou a cabeça, mortificada.

— Narcóticos — respondeu.

O velho ditado sobre casa de ferreiro, espeto de pau e tudo mais. Lumikki teria achado divertido se não estivesse tão irritada com a estupidez de Elisa. A filha de um policial da divisão de narcóticos brincando com drogas ilegais. Seria de imaginar que Elisa não tivesse nenhum motivo para correr riscos assim. Lumikki não disse nada, mas Elisa interpretou seu silêncio da maneira correta.

— Ora, vamos, é só um uso recreativo ocasional! — ela disse, defendendo-se. — Não sou uma viciada nem nada assim. Conheço meus limites. E já disse que nunca mais vou usar. Vou ficar limpa de agora em diante.

— Você provavelmente poderia perguntar ao seu pai, um dia, quantos "usuários recreativos ocasionais" desta cidade estragaram a vida por completo. Mas eu não vim até aqui para dar um sermão sobre o uso de drogas. Estou aqui só para falar sobre o dinheiro.

— Mas não posso conversar com o papai sobre isso, caso ele tenha algum negócio ilegal rolando — Elisa disse, suspirando pela décima vez. — No que, é claro, eu não acredito, de qualquer forma. Mas se ele tivesse. Então eu não poderia confiar nele. Ele poderia mentir para mim com a mesma facilidade de qualquer outra pessoa. E eu não posso procurar nenhum outro policial, porque ele é meu pai. Mesmo que ele esteja metido em alguma coisa, não posso traí-lo. E se ele estiver envolvido em alguma operação sigilosa? Ahhh, minha cabeça dói!

— A que horas ele chega hoje? — Lumikki perguntou.

— Em algumas horas.

— Ele agiu normalmente ontem?

— Acho que sim, mas eu estava tão concentrada em esconder o fato de que dei aquela festa aqui... e o segredo do tamanho de um elefante guardado no meu armário... que é provável que eu não notasse se ele estivesse dançando polca usando orelhas do Mickey Mouse.

— Preste atenção. Converse com ele. Não pergunte nada diretamente, mas veja se consegue perceber o que as expressões e os gestos dele revelam. As pessoas dizem muito sem abrir a boca — Lumikki disse. — E fique de olho naquele vizinho. Se o dinheiro era mesmo para ele, com certeza vai começar a agir de maneira ainda mais estranha, já que não o recebeu.

Elisa olhou para ela, levantou-se da mesa e andou até Lumikki.

— Obrigada — Elisa disse, abraçando-a rapidamente.

Para espanto de Lumikki, não foi tão desagradável dessa vez. Elisa voltou para a sua cadeira e continuou a comer o macarrão, chupando as bochechas quando o sugava fazendo barulho e, depois, bebendo o caldo da tigela. De repente, ela parecia uma menininha.

— Vou falar com o papai. E espionar aquele vizinho. Talvez eu ache alguma explicação perfeitamente lógica para tudo isso. E, depois, posso pensar no que fazer com o dinheiro. O Tuukka e o Kasper não vão abrir mão da parte deles, mas, se eu quiser, posso fazer com que eles façam o que eu disser — Elisa falou e sorriu.

Algo na repentina autoconfiança dela era tocante.

— Você ainda está com medo? — Lumikki perguntou.

— Nem de perto tanto quanto antes.

— Certo. Então eu vou para casa.

Elisa tentou uma expressão de cachorrinho decepcionado, mas Lumikki ficou firme. Já bastava de brincar de amiga naquele dia. Ela já tinha ido muito além.

Lumikki vestiu o casaco, amarrou os coturnos apertados e enrolou o cachecol no pescoço. Estendeu a mão para pegar as luvas na prateleira dos chapéus e, depois, tateou à procura do gorro, que escorregara mais para trás. Ela precisou ficar nas pontas dos pés para agarrar a ponta dele. Puxando, ouviu um som agourento.

— Ah, não! — Elisa exclamou enquanto Lumikki puxava seu gorro meio desfiado. — Ainda tem aquele conjunto de ganchos lá em cima que a gente nunca pendurou direito. Eu rasguei algumas coisas neles também.

— Bem, eu acho que posso enrolar o cachecol nas orelhas de algum jeito — Lumikki disse.

— Não, pegue um dos meus gorros emprestado. Eu tenho muitos — Elisa afirmou, já empurrando um gorro de lã vermelho na cabeça de Lumikki. — Vou consertar o seu ou simplesmente tricotar um novo.

— Ótimo. Certo. Obrigada.

Lumikki ficou parada no *hall* por mais alguns segundos. Ela sentia que havia mais alguma coisa incentivadora que devia fazer.

— Cuide-se — disse, enfim, sem conseguir pensar em mais nada. Ela não tinha muita prática no papel de amiga compreensiva.

— Você também — Elisa disse. — Se quiser, pode sair pelos fundos. Esses degraus da frente às vezes ficam muito escorregadios.

Ela mordia o lábio, parecia querer dizer mais alguma coisa, mas não disse. Lumikki não perguntou o que o trio faria em seguida. Ela tinha a sensação ruim de que aquela não seria sua última visita à casa de Elisa.

Ir até lá fora um erro.

9

Boris Sokolov atendeu o celular antes de ele conseguir tocar o primeiro compasso inteiro de "You Only Live Twice".

— E então?

— Ela acabou de sair pelos fundos. Está subindo o morro agora — Viivo Tamm falou.

Sokolov meneou rapidamente a cabeça para o estoniano sentado ao seu lado, que ligou o furgão.

— Tem certeza de que é a menina certa? — Boris perguntou.

— Sim. O mesmo gorro vermelho de antes — Viivo respondeu.

— Quando você vir a gente chegando perto o suficiente, corra até ela. Não diga nada. Temos de pegá-la na primeira tentativa — Boris disse e desligou.

Ele esfregou as mãos congeladas uma na outra para esquentá-las. Eles tinham de pegar a menina e levá-la para a parte de trás do furgão no mesmo instante. Ninguém podia ver. E, quanto menos a menina visse, melhor. E eles não deviam ser muitos brutos. Ela tinha de permanecer ilesa. Alguns machucadinhos não fariam mal, é claro. Ela precisava achar que eles falavam sério.

Porque falavam. De uma maneira um pouco diferente do que ela pensaria, no entanto.

Depois de estarem com a garota, enviariam um vídeo para o celular do querido pai dela. Isso teria de fazê-lo recuperar a razão. Ele se arrependeria de tentar brincar com os meninos grandes. De qualquer forma, era o que Boris esperava. Que ele prometesse ser bonzinho de agora em diante. Concordasse em abrir mão do próximo pagamento como gesto de boa-fé. Jurasse fazer tudo o que eles pedissem.

Isso seria suficiente.

Então, eles deixariam a menina sair do furgão e iriam embora para trocar os adesivos e a placa. Era um grande investimento para um trabalho de intimidação, mas, nesse caso, valeria o custo. Boris Sokolov tinha instruções lá de cima, e eles haviam prometido cobrir todas as despesas com um dinheirinho extra. Eles não podiam se dar ao luxo de perder seu homem infiltrado. Mas, ainda mais importante do que isso, ele não podia se dar ao luxo de perdê-los.

É claro que a menina correria para casa contar ao papai que homens grandes e maus a haviam raptado. O pai ficaria surpreso e chocado, pedindo detalhes e descrições, prometendo fazer uma denúncia na polícia e pegar os cretinos.

Não, ele diria, ela não teria de fazer nenhum depoimento na delegacia. Contar ao papai era suficiente. O papai sabia o quanto uma experiência assim podia ser traumática e não queria atormentar a filha com um interrogatório nas mãos de estranhos.

Boris quase riu ao imaginar o homem esforçando-se para conter sua raiva. Que ele não poderia contar a ninguém.

Porém, ele fizera sua cama e agora tinha de se deitar nela.

Apesar do frio, Lumikki decidiu pegar o caminho longo até sua casa por cima do morro. Ela tinha de se livrar da dor de cabeça que o perfume de Elisa e todas as perguntas dela lhe deram. O fato de o gorro vermelho parecer estar marinado no mesmo perfume enjoativo não ajudava. No entanto, caminhar tudo aquilo sem gorro teria sido uma forma garantida de acabar com as orelhas congeladas.

Ela se lembrava de que, um ano e meio antes, logo depois de se mudar para Tampere, fora correr no Morro Pyynikki pela primeira vez. Extasiada com a liberdade recém-descoberta, subiu correndo toda a inclinação longa e exaustiva até a torre de observação o mais rápido que suas pernas conseguiam levá-la. No topo, suas pernas tremiam, e o cheiro dos *donuts* frescos vendidos na torre havia gritado que ela devia apenas relaxar e encerrar por ali. Por que não se sentar para tomar um café e comer um docinho coberto de açúcar? No entanto, Lumikki resistiu, continuando sua corrida para baixo, passando pela torre, deixando os tênis pousarem levemente sobre o caminho. A tremedeira diminuiu e a alegria de correr voltou.

O caminho a levou de volta para cima um pouco e, depois, de repente, uma vista incrível do Lago Pyhäjärvi abriu-se à direita. Bem distante, atrás dos velhos prédios de tijolos vermelhos da fábrica Pyynikki Tricot, um sol baixo de agosto acarinhava a água ao sul. Conforme ela desviava do caminho da corrida até os despenhadeiros para absorver a vista, os cheiros verdes do final do verão a rodeavam. Olhando para o lago, a ilha Jalkasaari e os subúrbios arborizados de Tampere visíveis na margem distante, ela se sentiu completamente feliz pela primeira vez em muito tempo. Sua própria vida começava naquele momento. A liberdade começava naquele momento.

Hoje, liberdade e felicidade eram uma memória distante. Lumikki tentou não pensar. Seus pensamentos faziam círculos. Nenhuma solução, nenhuma saída.

Ou, na verdade, havia uma solução. A solução óbvia e simples. Vá contar tudo à polícia. Independentemente do problema que possa causar a Elisa. Ou à sua família. Não era problema dela. Mas agora Elisa confiava nela. E Lumikki sabia que não podia trair essa confiança. Sem saída.

Lumikki começou a subir o caminho que levava à torre de observação. Nuvens obscureciam o sol. A luz diminuía. Os galhos brancos e congelados das árvores cruzavam-se em todas as direções. Aquela encosta de morro arborizada saíra diretamente das páginas de um conto de fadas encantador, mas as sombras pareciam abrigar as criaturas mais assustadoras dessas histórias também. Seres apavorantes que se alimentavam de medo, prendiam-se a você e o puxavam para a neve, para uma morte fria e silenciosa. Ou, pior, transformavam-no em uma estátua de gelo viva, incapaz de se mexer ou falar. Eternamente viva. Eternamente morta.

A respiração de Lumikki vaporizava enquanto ela tentava exalar seus pensamentos, limpar a mente para que novas ideias pudessem se formar. E ela estava enfim conseguindo quando percebeu que alguém a seguia. De novo. Ela não precisava olhar para trás para saber que estava certa.

Porém, ela olhou assim mesmo. O homem andando atrás dela tinha baixado bastante seu gorro de tricô e subido o cachecol para cobrir a boca e o nariz. Atrás do homem havia um furgão, que acabava de alcançá-lo.

Lumikki não pensou. Ela apenas correu. Atrás dela, ouviu o motorista mudar a marcha, e o furgão acelerou.

O ar gelado rasgava os seus pulmões, e as solas dos coturnos escorregavam no caminho coberto de gelo. Lumikki conseguiu olhar para trás e ter um vislumbre de dois homens sentados no furgão. Eles também tinham os rostos cobertos, revelando apenas os olhos. A mesma gangue.

Não havia ninguém à frente dela. Não havia ninguém dos lados. Se ela gritasse, ninguém ouviria.

Lumikki correu mais rápido do que já correra na vida. O homem a pé ficou para trás, mas o furgão alcançou-a em segundos. A porta foi aberta e alguém do interior do veículo estendeu as mãos para Lumikki, conseguindo agarrar alguma coisa. Lumikki ouviu o som de um rasgo quando o alfinete que prendia o refletor à manga do seu casaco abriu um pedaço de tecido quando foi puxado. Lumikki jogou-se para o lado, fazendo uma volta rápida, e mergulhou para fora do caminho, na direção da floresta.

Pulando por cima de pedras e montes de neve, ela costurou por entre árvores, ignorando os galhos que arranhavam seu rosto. Ela ouviu os freios do furgão guincharem. Ouviu os gritos, que supôs serem em russo. Sabia que a confusão que sua curva abrupta havia causado não duraria tanto. Sabia que, se eles conseguissem cercá-la, ela não teria chance. Ela tinha apenas alguns segundos de vantagem.

Tinha de usá-los do jeito certo.

Não teria outra chance.

Viivo Tamm soltou um palavrão quando sua perna afundou de novo na neve. A menina parecia saber como evitar os montes mais fundos. Por sorte, o rastro dela mostrava para onde tinha ido, embora ele a perdesse de vista às vezes.

— Pegue-a! — Boris gritou mais atrás.

Pegue-a você, gordinho, Viivo teria gostado de dizer. Ele aumentou a velocidade. O calor aos poucos começava a voltar aos seus músculos, e a habilidade deles de aceitar instruções melhorava a cada passo. Ele iria pegar aquela vadiazinha. *Você pode correr, mas não pode se esconder. Correr na neve vai come-*

çar a cansá-la também. Viivo podia não ser o mais veloz, mas ele tinha resistência.

Naquele momento, ele não conseguia ver a menina. Os rastros levavam para fora da área de vegetação densa, na direção de uma trilha de caminhada iluminada. Ela provavelmente esperava que um corredor qualquer aparecesse e a salvasse. Sem chance. Ninguém com a mente sã saía para correr em temperaturas como aquela. Viivo olhou para a esquerda e para a direita.

A menina havia desaparecido. Mas que inferno.

Então, ele viu alguma coisa vermelha mais à frente no caminho. O gorro da menina.

Ele caíra, deixado para trás como uma placa de sinalização. Pobre Chapeuzinho Vermelho. Deixar sinais tão claros para o Lobo Mau não era uma boa ideia. Boris e Linnart, aos tropeços, saíram da floresta. Viivo já corria na direção indicada pelo gorro e gritou para os dois o seguirem. A garota não podia estar longe.

Lumikki observou do galho de uma árvore, apertada contra o tronco, conforme os três homens corriam na direção errada. Ela correra para a trilha, pulara para a árvore, deixando o mínimo de marcas possível, e subira, chacoalhando. Depois, lançara o gorro o mais longe que podia pela trilha.

Havia funcionado. Mas não os enganaria por muito tempo.

Ignorando o golpe dolorido na sola dos seus pés quando desceu para o chão, ela disparou correndo de novo. Agora, o ar congelado atacava suas orelhas junto com os pulmões. Mas ela mal sentia.

Fugir. Escapar. Voltar ao caminho onde o furgão estava estacionado. A lateral dizia "Aquecedores e condicionadores de ar Mäkinen". Lumikki apostaria qualquer coisa que nenhum daqueles homens se chamava Mäkinen. Ela memorizou a placa, embora suspeitasse de que não fosse adiantar.

Seu coração estava martelando em seus ouvidos.

Sair do morro, voltar à Rua Pyynikki. Agora ela começou a notar carros e pessoas. As luzes de um ônibus que se aproximava eram a coisa mais bonita que ela já vira. Lumikki fez sinal para o ônibus a distância; o motorista ficou com pena dela correndo no frio e parou antes do ponto. Arfando, Lumikki subiu, pagou a passagem e se deixou cair no assento livre mais próximo.

Suas pernas tremiam. Respirar doía. À medida que o ar quente fluía para dentro dos seus pulmões castigados pelo frio, um acesso incontrolável de tosse torturou seu corpo.

A velha senhora sentada do outro lado do corredor deu a ela um olhar ao mesmo tempo compreensivo e desaprovador.

— Você devia pensar em usar algum tipo de gorro em um tempo assim, mocinha — ela disse, condescendente. — Do contrário, vai acabar morrendo.

Lumikki tossiu como resposta. Suas orelhas começaram a perder a dormência na forma de uma coceira que formigava. Ela apertou as mãos nas orelhas para transferir calor das palmas. Que diabos acabara de acontecer? Por que alguém tentara sequestrá-la? Se tivesse sido uma tentativa de estupro, parecia estranho os homens continuarem a persegui-la tão loucamente. Eles tinham de ter alguma ligação com o dinheiro. Mas por que tinham ido atrás de Lumikki, que era pouco mais de uma espectadora aleatória e sem sorte?

— Um gorro de tricô seria melhor — a velha disse, continuando seu sermão.

O gorro. O gorro vermelho. Rapidamente, Lumikki percebeu que, no final das contas, não era a ela que os homens perseguiam. Eles estavam perseguindo uma menina com um gorro vermelho.

E a quem o gorro vermelho pertencia? É claro. Eles queriam Elisa. Fazia muito mais sentido. Porém, infelizmente, isso significava que não havia mais nenhuma dúvida de que o dinheiro havia sido jogado no quintal certo. A perseguição a uma garota que eles acreditavam ser Elisa confirmava isso.

Lumikki pensou no que teria acontecido se Elisa tivesse saído da casa usando o gorro vermelho em vez dela. A compreensão a acertou no estômago. Elisa nunca teria escapado. Elisa estaria no furgão agora mesmo, indefesa, prisioneira, à mercê dos seus caçadores. Lumikki logo pegou o celular e mandou uma mensagem de texto para Elisa:

O que quer que você faça, não saia de casa. Mantenha as portas trancadas. Não deixe entrar ninguém que você não conheça.

QUARTA-FEIRA, 2 *de março*

Era uma vez uma menina que não tinha medo.

A menina corria como correm as pessoas que não têm medo de cair. Seus pés pequenos, fortes e ágeis aceleravam por cima de pedras e tocos. Nas solas dos seus pés, ela sentia o musgo macio, a areia aquecida pelo sol, as folhas de pinheiro afiadas, a grama com orvalho. Ela confiava que suas pernas a levariam para qualquer lugar aonde ela quisesse ir.

A menina ria como riem aqueles que ainda não conheceram a humilhação. Sua risada começava no fundo da barriga. Enchia o peito, gorgolejava na garganta e borbulhava na língua. Por fim, saía ziguezagueando da boca, disparava no ar e explodia virando flores de macieira nas árvores. Sua risada aquecia e iluminava tudo à sua volta. Com frequência, ela acabava em soluços, mas isso não importava, porque os soluços só a faziam rir mais.

A menina confiava como confiam aqueles que a terra nunca destruíra, que nunca foram traídos por ninguém. Ela se pendurava de cabeça para baixo e confiava que não cairia. Ou, se caísse, alguém a pegaria antes de ela atingir o chão.

Era uma vez uma menina que aprendeu a ter medo.

Contos de fadas não começam assim. Outras histórias, mais sombrias, sim.

10

Lumikki era pequena de novo. Tinha nove anos. Ou dez. Ou doze. Naquele inferno, os anos passavam juntos, escorregando adiante interligados como uma massa única, preta e indeterminada. Diferenciar ou relembrar o que acontecera era impossível. O que era real e o que era pesadelo.

No entanto, uma coisa ela sabia. Nunca sentira medo sem ter um bom motivo.

Lumikki se enrolou até ficar do menor tamanho possível e escutou. Ela sabia como se apertar dentro de um espaço incrivelmente pequeno. Ela cabia em armários. Ela cabia em cantos escuros e bagunçados de guarda-roupas. Ela cabia em espaços planos onde ninguém pensava em procurar. Ela sabia ficar tão quieta que a respiração normal, em comparação, soava como o zumbido de uma serra.

Seu nariz escorria. Ela o deixou escorrer, controlando a ânsia enlouquecedora de fungar ou limpá-lo com a manga. Ranho líquido e pouco espesso correu para seus lábios. Ela não lambeu. O muco continuou descendo para seu queixo e, depois, pingou no seu joelho. Não tinha importância. Seu jeans já estava sujo, de qualquer forma. Mamãe ficaria intrigada em casa. Mamãe ficaria intrigada e ela ficaria de boca bem fechada.

Havia coisas sobre as quais era melhor não falar.

Havia coisas que ficavam piores se você as nomeasse em voz alta.

Lumikki escutou. Ouviu os passos conforme eles se aproximavam. Concentrou-se neles para ficar calma. Se ela desse poder ao medo, ficar quieta seria impossível. Fechou os olhos e pensou em neve intocada, fresca, recém-caída. Imaginou o crepúsculo azul. Fez um coelho pular pela neve, deixando rastros bonitos e uniformes. Dois círculos pequenos, um na frente do outro, depois duas marcas ovais lado a lado. Os rastros acalmavam seus nervos.

Nada de ruim poderia acontecer depois de o coelho ter cruzado a neve correndo em segurança.

Nada de ruim poderia acontecer com as primeiras estrelas que apareciam no céu.

Nada de ruim poderia acontecer com o chalé aconchegante da avó apenas alguns passos adiante e a luz da varanda intensamente brilhante.

Lumikki ouviu os passos recuarem. Respirou com um pouco mais de liberdade.

Ela havia conseguido permanecer escondida. Não fora descoberta.

Como seria não ter de sentir medo todos os dias?

Lumikki não acordou assustada. Ela passou gradualmente do sono para o acordar, sentindo as pernas e os braços ficando mais longos, seu corpo mudando do de uma menina para o de uma mulher, desenrolando-se. Aceitou os anos que a separavam da Lumikki dos seus sonhos. Ela já não era pequena. Tinha dezessete anos. E não precisava sentir medo todo dia havia um longo tempo.

A não ser pelo fato de ela estar com medo de novo. Porque tinha ido se envolver com os assuntos de outra pessoa.

Elisa ligara para ela a noite toda, histérica, pulando a cada rangido ou resmungo da casa fria, querendo ouvir as palavras tranquilizadoras de Lumikki. Ela havia entrado em pânico porque seu pai não voltou no horário em que disse que voltaria. No meio de uma ligação, Elisa de repente deu um berrinho. Lumikki escutou enquanto Elisa corria para algum lugar, batia uma porta atrás dela e virava a fechadura.

— Alguém acabou de entrar no andar de baixo — Elisa grasnou ao telefone.

— Certo. Onde você está agora?

— Eu me tranquei no banheiro.

Lumikki suspeitara disso pelos sons. Aparentemente, Elisa não sabia se mexer em silêncio. Nunca precisara aprender. Se um assassino profissional tivesse forçado a entrada na casa, o barulho que ela fazia o levaria a ela no mesmo instante. Além disso, um banheiro trancado provavelmente era o pior esconderijo possível. Ela seria como uma refeição congelada para micro-ondas ali. Tudo o que era preciso fazer era usar força suficiente para abrir a embalagem e, depois, devorar o conteúdo. Na verdade, nem era necessário esquentá-lo.

— A pessoa quebrou a porta? — Lumikki perguntara.

— Não, usou a chave.

Lumikki sentira vontade de desligar naquele momento mesmo, em vez de esperar a próxima frase de Elisa, que era mais do que previsível mesmo antes de ela abrir a boca.

— Ah. Talvez seja o meu pai. É, ele está me chamando lá embaixo — Elisa sussurrara para o telefone.

Jura, Sherlock?

— Que bom. Vou desligar agora — Lumikki dissera com firmeza.

— Não desligue! Ou, digo, não antes de prometer voltar amanhã. Não posso ficar aqui sozinha e não posso sair.

A voz de Elisa tinha uma força surpreendente.

Lumikki quisera recusar. Ela quisera não ter mais nada a ver com a confusão toda quando ainda era possível sair. Seus perseguidores não tinham dado uma boa olhada nela. Ela ainda podia lavar as mãos daquilo. Elas ainda não estavam sujas. Não fora ela quem mergulhara em um saco de dinheiro ensanguentado com as duas mãos.

Lumikki sentiu vontade de bater a cabeça contra a parede depois de terminar a ligação. Ela tinha prometido a Elisa que iria. De novo.

Boris Sokolov tamborilou os dedos contra a lateral do seu copo de cerveja. O líquido estava sem gás e com gosto ruim. Combinação perfeita para o seu humor. As primeiras larvas de bar sedentas por cerveja haviam se arrastado para fora de seus buracos e já estavam sentadas no salão mal-iluminado em suas mesas regulares. Boris havia reservado uma mesa com sofás para ele e os estonianos. Pelo que parecia, ninguém havia se dado ao trabalho de limpar a mesa ao término do turno da noite anterior. E por que fariam isso? Aquilo combinava perfeitamente com seu humor também.

Eles haviam falhado. Dando uma de russos, os finlandeses sentados a suas mesas de sempre teriam dito e, dessa vez, Boris não teria podido discutir. Eles tinham de abandonar o plano de sequestro. Haviam tido uma chance, uma tentativa, e agora tinham desperdiçado. Boris havia recebido uma curta mensagem de texto dizendo simplesmente que ele precisava cuidar do trabalho. Ele era pessoalmente responsável.

Ele tinha de pensar em algum outro jeito de assustar aquele cara para colocá-lo na linha de novo.

— E se ele não perceber que a Natalia está morta? — Viivo Tamm sugeriu e, em seguida, após a pergunta, deu um grande gole no seu copo.

— Ele tem de saber. De quem mais ele pensaria que era o sangue no dinheiro? — Boris perguntou.

Viivo encolheu os ombros. Linnart Kask não disse nada. Às vezes, Boris suspeitava que Linnart fosse ainda menos esperto do que deixava transparecer.

Boris pensou nas palavras de Viivo. Poderia ser isso? E se o policial realmente não tivesse entendido que sua amada Natalia era um cadáver? Natalia podia não ter lhe contado do seu plano de fugir com o dinheiro. Naquele instante, o policial poderia apenas estar irritado por ter de lidar com um monte de dinheiro manchado. Talvez fosse por isso que ele estava alegando que nem o recebera.

Boris pensara que o policial e Natalia de fato haviam se importado um com o outro. Ele tivera certeza de que eles haviam planejado a fuga dela juntos. Talvez ele tivesse subestimado a habilidade de Natalia de tomar suas próprias decisões. Natalia poderia enfim ter percebido que não valia a pena confiar demais em ninguém e que ninguém iria salvá-la. De certa maneira, Boris entendia a decisão dela.

Ele nunca dissera a Natalia, mas, às vezes, pensara nela como a filha que ele nunca teve. Uma pequena parte de Boris teria gostado de deixar Natalia escapar. Mas uma parte maior dele entendera o mundo de problemas que teria provocado para si se o tivesse feito. Por isso, tivera de endurecer o coração e pensar em Natalia correndo pela neve como um coelho, uma peste e um incômodo. Só então ele conseguiu puxar o gatilho.

No entanto, mesmo que o policial não soubesse sobre o plano de Natalia, isso não solucionava o problema atual deles. Que ele tentava chantageá-los. Que eles precisavam colocar um fim naquilo, e rápido.

Ficar passando pelo calendário do seu telefone era a forma de Boris tentar acalmar os nervos. Em geral, funcionava. Naquele momento, deu a ele uma ideia.

— Acho que Natalia vai enviar o convite de uma festa ao nosso policial em breve — ele falou com um sorriso.

Os estonianos olharam para ele admirados. *Estúpidos*. Boris sentiu que tinha o único cérebro da *troika*[3] deles. Por sorte, era um cérebro bom. Deixando o resto da bebida no copo, ele foi ao bar pedir um uísque duplo. Merecia.

Lumikki quase se virou e saiu andando quando viu os dois pares de sapatos extras perto da porta. Tamanhos masculinos 40 e 43. Ela não se lembrava de ter concordado em ir a nenhuma reunião do clube do Huguinho, do Zezinho e do Luisinho.

— Vamos falar sobre o que exatamente eu estou fazendo aqui mais uma vez, já que, aparentemente, o Tuukka e o Kasper estão aqui também — Lumikki disse para Elisa, que olhou para os próprios pés, constrangida.

Pés usando meias listradas de rosa e preto, é claro.

— Bem, veja... Você é a única que sabe consertar isto. Já que é tão inteligente — Elisa falou.

A voz puxa-saco e lisonjeira com o sorriso enjoativamente doce de acompanhamento saiu pela culatra. Lumikki começou a calçar os coturnos de novo.

— Eu só vim porque você estava com medo e sozinha. Não porque você exigiu que eu viesse. Porque você não sabe ficar sozinha. Bem. Você claramente não está mais sozinha. Problema resolvido. Então, eu posso ir.

Elisa deslizou entre Lumikki e a porta.

---

[3] Em russo, "trio". (N.E.)

— Você não pode ir agora. O Tuukka e o Kasper forçaram a entrada depois que perceberam que eu não estava na escola. Eles não acreditaram em mim quando eu disse que estava com enxaqueca. Não consigo enfrentar isto sem você — Elisa suplicou.

Os dedos de Lumikki brincaram com os cadarços dos coturnos por alguns segundos.

Ela prometera a si mesma que não ia mais ter medo. No entanto, estivera pensando em si mesma apenas. Não percebera que poderia sentir medo por outra pessoa. Se saísse naquele momento e fechasse a porta, poderia se livrar de tudo aquilo. Não se afastaria do medo, entretanto. Ela poderia ignorar as ligações e mensagens de texto de Elisa. Ela poderia até conseguir um número não registrado. Ela poderia evitar ver Elisa na escola. Poderia tratá-la como se ela fosse invisível.

Porém, não poderia impedir a si mesma de pensar. Não poderia impedir a si mesma de imaginar o que poderia acontecer a Elisa e se os homens que havia perseguido Lumikki conseguiriam pôr as mãos nela em algum momento. Ela ficaria com medo por Elisa. Não queria isso.

Lumikki sabia que já estava envolvida demais, afundada até os coturnos. Não fazia diferença agora se ela fosse tragada até os joelhos ou até a cintura ou até o pescoço.

Encrencada. Na merda. Presa. Lumikki odiava aquilo. Mas não podia fazer nada a respeito.

Com um suspiro profundo, ela começou a tirar as botas.

— Vou ficar. Mas, só para você saber, se o Tuukka tentar aquela cena de durão de novo, vou chamar a polícia no mesmo instante e jogar todos vocês para os lobos.

Elisa bateu palmas, entusiasmada. Daria no mesmo se Lumikki estivesse ouvindo sinos anunciando sua morte.

11

— Você descobriu alguma coisa com o seu pai ontem à noite? — Tuukka perguntou a Elisa quando ela levou até a sala copos grandes de Coca-Cola.

Kasper pediu o seu com algo mais, porém a expressão de Elisa varreu o sorriso do rosto dele.

Lumikki olhou para Tuukka. *Elisa deve ter contado tudo aos meninos. Linguaruda.* Mas talvez fosse a melhor forma. Seria mais fácil conversar se todos estivessem olhando para o mesmo mapa.

— Meu cérebro mal estava funcionando, eu estava muito histérica por causa daqueles homens seguindo a Lumikki. Quero dizer, seguindo a Lumikki pensando que era eu. No estado em que eu estava, tive sorte de conseguir ficar de boca fechada. Imagine se eu conseguiria fazer algum tipo de investigação secreta e inteligente.

Elisa apoiou a bandeja com os copos na mesa da sala de estar. Os cubos de gelo tilintaram uns contra os outros. Ela parecia ainda mais cansada do que no dia anterior. Suas olheiras estavam mais escuras, o cabelo não fora lavado e ela não estava usando nenhuma maquiagem. Ela parecia sujar o tecido de linho puro da sala de estar estilosa, uma mancha nos móveis que exalavam design de alta classe. No teto estava pendurado um lustre enorme e arredondado feito de tiras finas de laminado de madeira. Linhas escandinavas, simplicidade elegante, tudo por um preço.

Lumikki pegou-se pensando de novo em como eles conseguiam pagar por tudo aquilo com o salário de um policial e de uma agente de vendas de cosméticos. Ninguém da força policial ficava rico, e o salário da mãe de Elisa também não podia ser tão incrível. Uma herança? Era possível.

Ou talvez tivesse algo a ver com um saco de lixo cheio de dinheiro ensanguentado.

— Certo. Então vamos olhar os computadores da sua mãe e do seu pai — Kasper disse, com a autoconfiança de um criminoso qualquer em ascensão.

— A mamãe levou o *laptop* na viagem, mas o computador do papai fica no escritório dele, ali. Mas eu não sei...

Elisa não conseguiu terminar sua frase antes que Kasper marchasse para a porta do escritório.

— Eu verifico o computador. Vocês verificam os arquivos e tal — Kasper disse.

Lumikki, Tuukka e Elisa o seguiram escritório adentro.

— Isso não é meio que ilegal? — Elisa perguntou enquanto procurava nas gavetas da escrivaninha do pai.

— Não me lembro de a legalidade ser um grande obstáculo para você antes — Tuukka disse, rindo.

Elisa suspirou.

— Talvez devesse ser.

Lumikki concordou, mas não disse nada. Em vez disso, ela falou de outra preocupação.

— Não vamos encontrar nada sobre o trabalho do seu pai aqui. Ele deve ter regras superseveras sobre quais papéis pode trazer para casa. Provavelmente nenhum. E o computador é um computador doméstico. Todas as coisas de trabalho dele vão estar no trabalho.

— Você está certa. Por que eu não me lembrei disso?

— Vamos procurar assim mesmo — Tuukka insistiu. — Não tem chance de ele guardar alguma coisa na delegacia sobre os crimes que está cometendo. Aquele lugar está lotado de dedos-duros.

A cara feia de Elisa limitou o sorriso de Tuukka a uma curva fraca no canto de sua boca. Eles procuraram em silêncio, sem resultados. O escritório não revelou nada além de um pai meticuloso que guardava organizadamente os reembolsos de impostos, apólices de seguro e contas, e mantinha as pastas do computador limpas.

— Ele nem tem visto nenhum site pornô — Kasper resmungou, com impaciência.

— Que nojo! É claro que não. — Elisa estremeceu.

— Mas você, sim — Tuukka falou, com uma risada mal-educada. — Eu já fucei o suficiente no seu computador para saber.

— Uma vez, talvez, quando um amigo me mandou um link e eu cliquei sem pensar — Elisa insistiu.

Lumikki não conseguia suportar o papo fiado sem sentido do trio. O que a irritava mais era a voz de Elisa, que, perto dos meninos, tinha ficado fraquinha, e os comentários dela, que estavam cada vez mais estúpidos. Lumikki conhecia o fenômeno. Durante todo o final do primário, ela havia observado, admirada, conforme ele assumia o comando. Depois do verão entre a sexta e a sétima série, algumas das meninas voltaram agindo como se tivessem deixado cair metade do cérebro em um lago ou algo assim. Meninas que costumavam ser muito inteligentes de repente não conseguiam fazer nem ao menos uma conta simples ou correr cem metros sem reclamar que "iriam morrer".

— É sério, eu vou morrer! — elas guinchavam de novo e de novo durante todo o dia, às vezes animadas, às vezes fingindo estar desamparadas.

Elas pintavam os olhos e estouravam bolas de chiclete. Lumikki levara algum tempo para descobrir que a atuação idiota das meninas se destinava aos meninos. Que seu comportamento patético era um sinal de que elas eram pequenas, fofas e inofensivas. E atraentes do jeitinho certo para alguns meninos.

Elas se diminuíram e se imbecilizaram para que os meninos mais bonitos da sala pudessem se sentir mais espertos e fortes. Lumikki sempre se perguntara por que os meninos não enxergavam que era encenação. Eles não achavam humilhante as meninas pensarem que precisavam fingir para os meninos poderem se sentir superiores? É claro que alguns meninos percebiam isso, mas a exibição não era para eles, de qualquer forma. Eles eram espertos demais para serem sensuais.

Por algum motivo, a inteligência não era algo atraente no final do ensino primário. Se você quisesse ser atraente, tinha de evitar a inteligência como uma praga. Ser inteligente significava o mesmo que ser chato, incômodo, irritante e, se não verdadeiramente feio, pelo menos não muito interessante de se olhar.

Lumikki pensara que a situação mudaria depois do colegial. Em parte mudara, mas em parte, não. Agora ela podia ver que mesmo algumas mulheres muito talentosas ainda se imbecilizavam na companhia masculina. Era constrangedor olhar. Ela esperava que Elisa apenas tivesse um pé ainda preso no ensino primário e que aquele comportamento fosse resultado disso, em vez de ser alguma questão mais profunda ou um padrão enraizado.

— Deixe-me dar uma olhada no computador por um segundo também — Lumikki disse para Kasper.

Os meninos olharam para ela, em dúvida.

— Não tem nada ali — Kasper disse.

— Deixe-me olhar de qualquer forma — Lumikki insistiu calmamente. — Às vezes, há muito mais em uma máquina do que aparenta na superfície.

— Ah, então a nossa superdetetive também é algum tipo de gênio da computação — Tuukka falou, zombando.

— É. Eu sou a filha ilegítima secreta de Hercule Poirot e Lisbeth Salander — Lumikki respondeu sem a melhor oscilação na expressão e se sentou na cadeira de rodinhas que Kasper acabara de desocupar dramaticamente.

O trio ficou parado atrás dela, observando. Lumikki odiou aquilo.

— Então, você é Lumikki Poisander? — Kasper perguntou, tentando manter a piada.

Ninguém riu.

— Lumikki... Lumikki.

Kasper pareceu saborear o nome, estendendo cada sílaba.

— Você deve ter um apelido — ele falou, enfim.

— Não, não tenho — Lumikki respondeu sem se virar.

— Lumi?

— Não.

— Mikki?

— Você acha?

— Certo, talvez não. Que tal Branca de Neve, então? É o seu...

Lumikki empurrou a cadeira para trás tão de repente que ela bateu em Kasper e, depois, virou-se.

— Ai! Cuidado.

Kasper massageou o joelho, irritado.

— Dá. Um. Tempo. Isto pode demorar — Lumikki disse, lançando para Elisa um olhar cheio de significado.

Felizmente, a menina sabia como usar o cérebro às vezes.

— Vamos terminar nossas Cocas na sala — Elisa disse. — Grite se precisar de alguma coisa.

Lumikki concordou com a cabeça e se virou de volta para o monitor. Depois de um momento, ela ouviu a porta se fechar atrás dela. Silêncio abençoado.

Ela tinha de ser rápida. Não havia chance de aquele silêncio durar.

12

Terho Väisänen virou a gola para cima e puxou o cachecol verde que a filha tricotara por cima da boca. O frio afundou suas garras afiadas no pedaço nu de pele assim que ele pisou do lado de fora. Ele pensou em ir para casa da delegacia até Pyynikki de carro, mas afinal decidiu caminhar. Talvez o frio estimulasse seu cérebro, que tinha estado inaceitavelmente preguiçoso.

Duas perguntas incomodavam Terho.

Onde estava seu dinheiro?

Onde estava Natalia?

E era aquela a ordem de importância daquelas perguntas? É claro que não, mas às vezes Natalia ficava quieta por dias e dias, às vezes até semanas. Nem sempre ela tinha tempo para atender as ligações e responder os e-mails de Terho. Ele estava acostumado com aquilo. Assim, o desaparecimento de Natalia não significava nada por enquanto. Por outro lado, definitivamente havia um significado em Boris Sokolov ter praticamente enfiado a mão pelo telefone para estrangular Terho quando ele ligou para perguntar do dinheiro. Sokolov disse que o dinheiro já fora entregue.

Mas não fora.

Ou Sokolov mentia ou os estonianos mentiam para Sokolov. A última opção era a mais provável. Terho na verdade ficara surpreso por ter passado tanto tempo sem que um deles tentasse enfiar a mão no pote de biscoitos e fazer um dinheiro rápido. Ele atribuía aquela disciplina ao fato de os estonianos terem visto como Sokolov lidava com a deslealdade. Ninguém queria experimentar a marca de justiça de Sokolov. E, é claro, Sokolov recebia as ordens de cima, assim como todo mundo. A hierarquia de poder e medo mantinha todos na linha.

Exceto naquele momento. Naquele momento, alguém decidira pegar um pouco mais para si mesmo.

Terho detestava a ideia de que um sistema que havia funcionado tão bem até então pudesse estar desmoronando. Ele fizera sua parte sem fazer nenhuma pergunta. Desde o começo, ele estava naquilo pelo dinheiro, e precisava dele. Se o dinheiro parasse de entrar, as opções dele seriam limitadas. Ele não construíra uma rede de segurança para o seu futuro, embora soubesse que deveria. A quantia que ele tinha de economia era patética. É claro que ele sempre poderia queimar Sokolov e companhia como vingança, mas seria impossível sem se incriminar junto com eles. Tudo o que restaria seriam destroços fumacentos.

Ele não podia deixar isso acontecer.

Como as negociações não haviam chegado a lugar nenhum com Sokolov, ele teria de tentar fazer um acordo direto com o Urso Polar. O que não seria fácil. O Urso Polar fazia suas próprias regras e, se não gostasse de como o jogo se encaminhava, simplesmente derrubava os outros jogadores do tabuleiro.

Terho andou pela Estrada de Tampere e xingou a si mesmo por ter se envolvido. Não apenas era criminoso como era moralmente errado. Era, não importava quantas manhãs ele houvesse passado olhando para fora da janela enquanto sua família ainda dormia, raciocinando que o arranjo tinha o seu lado bom. Para a força policial e para a comunidade. Ele recebera informações de Sokolov que haviam ajudado a polícia a capturar um grande número de traficantes. Eles haviam limpado o submundo de Tampere tão completamente que a unidade de Terho recebera elogios oficiais dos níveis mais altos do governo. Terho lembrava a si mesmo disso enquanto observava as casas do bairro acordando do seu sono da manhã. No entanto, o sol que se erguia devagar havia zombado da sua autoilusão. Ele tinha de desviar o olhar do sol, colocar mais leite no café e olhar para o outro lado enquanto continuava a mentir para si mesmo.

Naquela época, anos atrás, aceitar a oferta parecera a única opção viável. Dívidas de jogo e empréstimos não pagos estavam pendurados no seu pescoço. Terho havia sido levado sem perceber para uma espiral descendente de jogatina. No começo, jogar tinha sido uma maneira fácil de relaxar e limpar sua mente depois de um dia de trabalho duro, mas, pouco a pouco, tornou-se um vício completo. Jogar *online* era fácil demais, e ele precisava jogar por dinheiro para ter alguma sensação; para ter a onda de adrenalina de que precisava. Ele também tinha uma esposa em casa com gostos caros e, naquele ponto, Terho ainda queria dar a ela tudo de melhor que o mundo pudesse oferecer.

Também havia Elisa, sua filha, que ele amava mais do que já pensara ser possível. Tudo o que ele fizera também fora por ela. Para que ela nunca se envergonhasse da sua casa ou das suas roupas. Ou nunca se preocupasse com dinheiro. Com muita frequência, quando criança e adolescente, Terho fora forçado a mentir e dizer que um jeans do mercado de pulgas era, na realidade, novo, ou que um casaco do seu primo era, na realidade, de uma viagem que ele fizera ao exterior. A verdade era que seu pai "bebia" a renda de classe média deles. Terho tinha tanta vergonha que havia jurado ficar longe das bebidas e entrara para a divisão de narcóticos da polícia, onde pelo menos ele podia lutar contra as drogas ilegais, já que não havia nada que pudesse fazer a respeito da droga mortal chamada álcool.

Entretanto, uma predisposição para vícios fora passada pelo seu pai. A necessidade de conseguir empolgação depressa e sem pensar muito. Mas Terho sempre garantira que sua jogatina não interferisse na família. Era seu vício privado e pessoal. Ele havia até conseguido diminuir o quanto jogava se comparado aos seus piores anos de viciado, mas isso ainda não significava que conseguia ficar sem uma dose regular.

Durante o ano anterior, houvera um motivo a mais para Terho cooperar com Sokolov: Natalia. Apesar de ela ser muito mais jovem, ele estava perdidamente apaixonado, de cabeça virada, como um adolescente. Ele soubera desde o início que não tinha jeito, aquilo era perigoso, mas não conseguia resistir ao sorriso de Natalia e àqueles olhos grandes e inocentes que você nunca adivinharia que já viram tantas coisas. Ele já estava de luto pelo fato de que, em algum ponto, seria forçado a abrir mão da companhia de Natalia, da sua pele macia como a seda e das covinhas nas suas bochechas. Era inevitável. O relacionamento não poderia durar para sempre, a menos que Terho estivesse disposto a sacrificar seu casamento, sua família e, no final das contas, sua carreira. Ele não estava pronto para isso, apesar de haver prometido para ela em momentos de carinho que deixaria a esposa e começaria uma nova vida com ela. As promessas de um homem apaixonado, promessas que ele nunca poderia cumprir. Natalia entendia, ele disse a si mesmo. Ela era uma moça esperta, mais esperta do que parecia.

Porém, Terho queria salvá-la. Devia a ela pelo menos isso. Ele queria que Natalia tivesse uma vida melhor e não precisasse mais trabalhar para Sokolov. Terho não sabia lidar com isso ainda, mas tinha certeza de que pensaria em alguma coisa. Esse era outro motivo para o arranjo todo não poder desmoronar naquele instante só porque os estonianos não conseguiam tirar as mãos do cofrinho de moedas.

No parque, um vento dolorosamente frio vinha do lago, fazendo Terho se arrepender de não estar com o carro. Mesmo o casaco de alta tecnologia não era páreo para aquele inverno insano de tão frio.

Uma reunião de trabalho fora cancelada no último minuto, deixando-o com pelo menos uma hora livre. Ele decidira usá-la para passar em casa e fazer o almoço para ele e Elisa, que estava com enxaqueca ou algum tipo de questão feminina. Ou com a boa e velha preguiça. Terho tinha de admitir para si mesmo. Sua filha era doce e popular e a coisa mais querida para ele no mundo, mas não era a peça mais inteligente do jogo. Talvez uma escola especializada não fosse bem o lugar certo para ela, no final das contas.

Terho repassou seu plano.

Teria de entrar em contato com o Urso Polar. A única maneira de fazer isso seria por e-mail, e ele teria de mandar a mensagem do computador de casa, porque não ousaria enviar do trabalho ou do telefone.

Ao mesmo tempo, ele escreveria de novo para Natalia e perguntaria por que não tinha notícias dela. Sentia tanto a sua falta. A saudade esfriava seus ossos ainda mais do que o vento cortante.

Olhos castanhos. Cabelo descolorido com apenas um leve sinal de raízes mais escuras. Aqui e ali, mechas mais claras que o resto.

Fios de alongamento. Sobrancelhas tiradas em excesso. Lábios que poderiam ter sido aumentados ou poderiam simplesmente ser tão cheios naturalmente.

Idade: entre dezessete e vinte e cinco?

Na maioria das suas fotos, ela fazia uma pose séria, os lábios levemente abertos. Em uma foto, no entanto, ela sorria, mostrando covinhas profundas. O sorriso a fazia parecer mais jovem e vulnerável. Na mesma foto havia um homem de meia-idade que tinha exatamente o mesmo nariz que Elisa. A mulher vestia roupas caras que anunciavam quão caras elas eram. Havia mais um *close* do casal, que eles provavelmente tinham tirado sozinhos com uma câmera de telefone, que mostrava os dois se beijando e rindo. Pareciam escandalosamente felizes.

Lumikki sentiu-se uma *voyeur* olhando as fotos, que haviam sido escondidas bem amadoramente no computador. Antes de encontrá-las, ela já havia localizado um nome de usuário e uma senha para uma conta de e-mail anônima. No entanto, as pastas de mensagens estavam vazias. O pai de Elisa não as usava ou — mais provável — sempre apagava qualquer e-mail depois de lê-lo.

— Elisa — Lumikki chamou.

Elisa veio até a porta. Felizmente, Tuukka e Kasper haviam decidido se distrair jogando Wii na sala de estar.

— Você pode fechar a porta, por favor? — Lumikki perguntou e Elisa obedeceu.

Depois, Lumikki respirou fundo e continuou.

— Suponho que a mulher destas fotos não seja a sua mãe.

13

Elisa envolveu os braços em volta de si mesma. De repente, sentia muito frio. Ela queria fechar os olhos e não ver as fotos, mas nem isso teria ajudado. Elas já estavam profundamente gravadas no seu cérebro e seriam projetadas em uma tela interna naquela noite quando ela fechasse os olhos e tentasse dormir.

Como o papai pôde fazer isso com ela? E com sua mãe?

Elisa não era idiota. Durante um longo tempo, ela soubera que o relacionamento dos pais não era feliz no sentido romântico e que, no geral, eles ainda estavam juntos por hábito e conveniência. Ainda assim, parecia inconcebível pensar que papai tinha traído sua mãe. Papai não era assim. Papai era honesto e honrado e confiável. Papai era o tipo de homem que se divorciaria antes de começar outra história. Na verdade, Elisa não tinha a mesma certeza sobre a mãe. Elisa não ficaria surpresa em descobrir que a mãe nem sempre passava as noites sozinha quando viajava a trabalho. Mais do que plausível, ela pensava, era provável.

Mas papai? Com uma mulher mais nova, pouco mais velha que a própria Elisa. A ideia toda a deixava enjoada. Ainda piores que o relacionamento eram o segredo e a mentira. Se é que era um relacionamento de verdade. Poderia ser apenas… Mas por que o papai teria guardado fotos no computador, então? Tinham de ter algum significado para que ele quisesse poder olhar para elas de novo.

— Talvez...

Elisa ouviu a voz de Lumikki como em um sonho. E se tudo aquilo fosse um sonho e ela pudesse acordar... bem... agora?

A porta foi aberta com violência; Tuukka e Kasper entraram aos tropeços.

— Papo de minas rolando aqui? Ou a nossa gênia da computação realmente achou alguma coisa? Uhu!

Lumikki sentiu-se estranha por ter Elisa, Kasper e Tuukka encarando as fotos por cima do seu ombro. O pior era conseguir sentir o constrangimento de Elisa sem nem se virar.

— Talvez ela só… Ou, digo, talvez o papai só... — Elisa falou, tentando desesperadamente articular qualquer tipo de explicação.

— Vamos encarar — Kasper disse. — Seu pai está pegando uma menina mais nova.

Todos os pensamentos deles ditos em voz alta. Talvez não palavra por palavra, mas o principal estava ali.

— Pode ter alguma outra explicação — Elisa disse, sem forças.

Lumikki podia ouvir na voz dela que Elisa sabia que Kasper estava certo.

— Eu aposto qualquer coisa que isso tem algo a ver com o dinheiro — Tuukka afirmou. — Dois segredos assim ao mesmo tempo não podem ser coincidência.

— Mas como? — Elisa perguntou.

— Ela não parece um pouco russa? — Kasper perguntou. — Talvez seja uma pu... desculpe, digo, prostituta. Talvez seu pai esteja envolvido em algum negócio com sexo.

Elisa negou com a cabeça. Olhando para ela agora, Lumikki percebeu que a menina estava à beira das lágrimas.

— Ou talvez... — Tuukka iria tentar especular agora.

Porém, bem nesse momento, o computador apitou para sinalizar a chegada de um e-mail. Lumikki havia deixado a conta anônima aberta caso algo interessante chegasse.

Na mosca.

O remetente usava uma conta anônima também. O nome, "Belarosa", e um domínio famoso não revelavam muito. Lumikki leu a mensagem em voz alta. Estava escrita em inglês.

Meu amor,

Eu precisei criar outro endereço de e-mail. Apenas por precaução. O Urso Polar vai dar uma festa na sexta-feira. Quer que você vá. E eu também quero. Um carro preto vai pegá-lo às 20h. Como o tema é contos de fadas e eu sei do que você gosta, eu vou de Rainha da Neve. Tenho uma coisa importante para dizer a você.

Beijos, N

P.S.: Por favor, apague esta mensagem logo depois de ler, como sempre. Temos de ser extremamente cuidadosos.

Tuukka, Kasper e Elisa olharam um para o outro.

— Que diabos isso significa? — Elisa perguntou.

— Urso Polar, Urso Polar... — Kasper repetiu. — Ah, meu Deus. Seu pai acabou de ser convidado para uma das festas do Urso Polar.

— O quê? Festa de quem?

— O Urso Polar! — Kasper quase gritou. — Ele é uma lenda. Digo, não sei muito além de que ele é alguma figura superimportante que, tipo, todo mundo respeita. Ouvi dizer que ele tem todo tipo de negócio legal e ilegal e, basicamente, ninguém nunca o viu. Os rumores sobre as festas dele são totalmente malucos. Parece que ele tem uma espécie de mansão ou castelo louco onde dá festas incríveis. Todo mundo vai. Quero dizer, todo mundo que seja rico e importante.

— Qual é o nome real desse Urso Polar? — Lumikki perguntou.

Kasper olhou para ela com uma expressão divertida.

— Como eu vou saber? Você teria de ser alguém bem importante lá dentro para saber algo assim.

— Então ele é tipo um chefe da máfia ou algo assim? — Elisa instintivamente havia baixado a voz.

Kasper abriu os braços.

— Bem, eu duvido que ele fosse querer que os policiais soubessem sobre todos os seus negócios. Quero dizer, o que eu sei? Mas ele é tão rico e habilidoso que nunca é pego. Ele nunca suja as próprias mãos.

— Como você sabe tudo isso? — Tuukka perguntou.

Um sorriso satisfeito apareceu nos lábios de Kasper.

Lumikki podia ver que Kasper pensava ser muito mais esperto que o resto deles.

— Tenho minhas fontes. Quando você passa um tempo na rua, ouve coisas. E não se deem ao trabalho de perguntar mais. Eu consigo comprimidos para vocês e consigo informações. É tudo o que vocês precisam saber.

Enquanto os outros falavam, Lumikki copiou o e-mail palavra por palavra em um pedaço de papel e o enfiou no bolso da calça.

— Seja o que for, precisamos apagar este e-mail — ela disse. — Infelizmente, aqui diz que ele já foi aberto uma vez, então seu pai vai saber que alguém entrou na conta dele.

Lumikki se preparou para apagar a mensagem.

Os dedos de Terho Väisänen estavam congelados, embora suas luvas devessem ser de tecido Windstopper com todo tipo de camadas isolantes. Ele tentou esquentar as articulações o bastante para colocar a chave na porta da frente.

Lembrou-se do mês de dezembro anterior, quando fazia apenas alguns graus abaixo de zero, com a neve caindo tão delicadamente que quase não era possível notá-la. Ele estava em pé ao lado de uma escultura em Tampella com Natalia. A escultura irradiava uma luz azul que fazia o rosto de Natalia parecer etéreo.

Eles tinham acabado de ir tomar café. O novo complexo residencial perto do rio era relativamente seguro. Ninguém que ele conhecia morava lá. Nem sua esposa nem Elisa tinham motivo para visitá-lo. Só pessoas que moravam na área estariam por ali, já que não ficava no caminho para nenhum lugar. Não havia lojas especiais ou restaurantes que inspirariam as pessoas a sair do seu caminho. A cafeteria mal se mantinha com os euros que os residentes locais traziam. Em Tampella, eles ousavam aparecer juntos em público. Embora ainda houvesse riscos.

Às vezes é preciso correr riscos. Além disso, o medo de ser pego acrescentava uma pitada de emoção. É claro que Terho tinha uma desculpa caso um amigo ou o amigo de um amigo acabasse vendo-os juntos. Ele sempre podia apontar para o seu trabalho, recolhimento de informações, a importância da confidencialidade e tudo mais. Poderia fazê-lo pensar que Natalia lhe dava informações, mas ele não podia revelar mais do que isso. Silêncio, silêncio. Terho estava aliviado por não ter tido de recorrer a essa desculpa ainda.

Natalia esquecera as luvas. Ela soprou nas mãos pequenas. Terho as pegou entre as suas para aquecê-las. Natalia sorriu. Flocos de neve se prenderam ao cabelo dela, refletindo a luz azul da estátua. Natalia vestia um casaco branco e botas brancas. Ela parecia mais bonita do que já parecera antes.

— Minha rainha da neve — Terho sussurrou no ouvido dela.

De repente, ele se encheu de um desejo intenso de poder esquentar Natalia, toda, apertando suas palmas em chamas contra a pele fria dela, para derreter todos os flocos de neve.

— Vamos — ele falou, com a voz rouca, e puxou Natalia com ele, apressando os passos.

Depois de cinco minutos, eles estavam no balcão da recepção do Hotel Tammer. Conseguiram um quarto. Ele fez uma ligação rápida para a esposa, informando-a de que trabalharia até tarde da noite. Depois, virou-se de novo para Natalia, que já não se parecia tanto com uma criatura de contos de fadas sob a quente luz amarela do quarto de hotel. No entanto, isso não importava. A imagem mental já havia criado o desejo. Puxando Natalia contra seu corpo, ele fechou os olhos.

Terho Väisänen voltou ao presente, os dedos desajeitados ainda lutando com a chave, e soltou uma sequência de palavrões.

Lumikki ouviu os barulhos primeiro.

Com a voz baixa, ela disse:

— Alguém está vindo.

Elisa pulou.

— Os homens que seguiram você! Os assassinos!

Lumikki conteve o desejo de bater a mão por cima da boca de Elisa. Tinha ela realmente um senso tão mal desenvolvido de autopreservação? Viver em um quarto cor-de-rosa e preto derretia seu cérebro e transformava seus pensamentos em mingau?

— Vamos apenas ficar calmos e em silêncio. Obviamente, a pessoa tem uma chave. Acho que é o seu pai. O importante é não deixarmos que ele saiba que estivemos aqui fazendo barulho demais.

Enquanto falava, Lumikki apagou com calma o e-mail, saiu da conta, fechou a pasta secreta de fotos e o navegador e desligou o computador. Para Lumikki, parecia que cada processo havia levado um tempo agonizante de tão longo. Na verdade, é claro, tudo aconteceu em questão de segundos.

Por outro lado, levou apenas alguns segundos para a pessoa junto à porta colocar a chave na fechadura e abri-la.

— Vão. Lá para cima.

Lumikki soltou o comando com a voz mais baixa possível. Foi suficiente para convencer Elisa, Tuukka e Kasper, que deslizaram para fora do escritório e foram depressa para a escada. Eles provavelmente acharam que faziam silêncio, mas, para Lumikki, a saída deles tinha o som de uma horda de gnus que haviam acabado de ouvir um leão rugir.

Desligue logo. Desligue.

O computador ficou emperrado na tela "Desligando..." por muito tempo. Lumikki achou que a máquina tinha o mesmo problema do *laptop* dela e, às vezes, simplesmente se recusava a desligar sem motivo especial.

Ela ouviu a porta ser aberta. Por sorte, a porta da frente não tinha uma linha de visão direta para o escritório. Alguém grande entrou na casa. Um homem.

Lumikki controlou a respiração, concentrando-se em manter a velocidade dos batimentos do seu coração dentro dos limites normais. Depois, apertou com firmeza o botão de desligar e segurou-o. Da próxima vez em que fosse ligada, a máquina poderia reclamar por não ter sido desligada corretamente, o que poderia levantar suspeitas no pai de Elisa, mas, naquele momento, correr aquele risco era sua única opção. Provavelmente, ele apenas agiria como qualquer pessoa e se perguntaria por dois segundos por que o computador tinha dado problema e, depois, encolheria os ombros e começaria a pensar em comprar um novo em breve.

Desligue logo.

A tela ficou escura.

— Elisa! Eu decidi vir almoçar em casa! Vou fazer alguma coisa para a gente — ele gritou para o andar de cima.

Ótimo. Lumikki tinha acertado.

Em silêncio, ela se escondeu atrás da porta do escritório, esperando ardentemente que o pai de Elisa não entrasse ali primeiro.

Ela podia ouvi-lo tirando as roupas frias de inverno. Depois, seus passos se aproximaram do escritório.

Continue andando.

Ele já passava do escritório para entrar na cozinha, mas mudou de ideia e entrou no primeiro. Lumikki segurou a respiração. Ela estava colada à parede. Ela não tinha cheiro. Ela não existia.

Não se sente. Lumikki sabia que a cadeira ainda estaria quente.

O pai de Elisa não se sentou. Parado ao lado da escrivaninha, ele mexeu na correspondência. Lumikki ainda prendia a respiração. Ela sabia que podia segurar a respiração com calma por pelo menos dois minutos. O pai de Elisa jogou alguns envelopes, provavelmente contas, na direção do canto de trás da escrivaninha. Depois, saiu de novo para a cozinha.

— O que você quer? Quer que eu faça uma massa? Ou talvez aquela sopa de frango com *curry* de que você gosta? Eu realmente preciso de alguma coisa quente depois de congelar a bunda lá fora.

Lumikki o ouviu abrir a porta da geladeira.

Agora. Saindo de trás da porta, ela deu dois passos para ganhar velocidade e, depois, escorregou em silêncio com suas meias por um piso de madeira anormalmente liso até a escada. Depois, subiu depressa, tão silenciosa quanto o leão que perseguia aquela horda de gnus. Entrou no quarto de Elisa tão despercebida que conseguiu assustar o trio que esperava lá dentro.

— Meu Deus, você quase me provoca um infarto — Elisa sussurrou. — Agora, entre no *closet*.

— Por quê?

Lumikki não entendia o fio de pensamento de Elisa. Tuukka e Kasper estavam felizes e esparramados no sofá, sem nenhuma intenção de se esconder.

Passos pesados se aproximaram subindo a escada.

— Eu explico depois — Elisa sibilou, empurrando Elisa para dentro do *closet* e fechando depressa a porta.

— Você está com algum amigo? — o pai de Elisa perguntou do topo da escada.

— Sim. O Tuukka e o Kasper vieram me fazer companhia — Elisa respondeu em um tom alegre demais, que faria qualquer um perceber ser falsa a um quilômetro de distância.

— Você não deveria estar com enxaqueca? — ele perguntou, desconfiado. — E vocês, meninos, não deveriam estar na escola?

— Ah, passou — Elisa disse.

— A aula de Matemática foi cancelada porque o professor está doente — Tuukka respondeu.

Lumikki observou por uma fresta da porta o pai de Elisa analisar o trio. Ele tinha cabelo curto e loiro e a parte de cima do corpo sugeria que passava um tempo na sala de treinamento com pesos. O *closet* era escuro, mas espaçoso. Tinha cheiro de menina. O armário de Lumikki nunca poderia ter aquele cheiro.

Ela estava escondida de novo. Tentando não ser vista.

Lumikki fechou os olhos.

Você não pode fugir. Sempre vamos encontrá-la. E, quando encontrarmos, vamos matá-la.

Matar.

Você.

14

Um mastro elevando-se bem alto para o céu, decorado com guirlandas de flores e fitas e folhas. Balões, balões e mais balões, alguns escapando para o azul. O fim de tarde mais lindo do ano nas ilhas Åland, já virando noite, mas ainda claro como o dia. Toda a família do papai aqui. Os aromas do verão, os gritos distantes das gaivotas, o gorjear das andorinhas. Lumikki usava um vestido branco e uma guirlanda de dentes-de-leão que a mamãe fizera. Ela cantava a "Canção de Verão de Ida", de Astrid Lindgren. Ela não tinha uma voz bonita e não estava acostumada a falar em sueco na frente das pessoas, mas isso não importava.

A prima Emma, um ano mais velha, de repente parou diante dela. Lumikki tentou passar. Ela queria ir ver o mastro. Ela também queria um balão, dos que o tio Erik enchia com hélio e dava às crianças. Um vermelho. Ou azul. Não amarelo, em nenhuma circunstância. Talvez vermelho fosse melhor.

— Quer brincar? — a prima Emma perguntou em sueco.

Lumikki encolheu os ombros.

— Que tal brincarmos que você é minha escrava e tem de fazer tudo o que eu disser?

Lumikki fez que não com a cabeça.

— Bem, então, eu poderia ser a rainha e você poderia ser meu cavalo.

— Não — Lumikki falou.

— Você tem de ser. Eu escolho porque nós moramos aqui e eu sou mais velha.

Lumikki começou a chorar.

— Não — ela repetiu.

Nesse instante, tia Anna, mãe da prima Emma, apareceu com a mãe de Lumikki.

— A Lumikki não quer brincar comigo. Ela só fala não para tudo que eu sugiro — Emma reclamou para a mãe. — Ela não é nem de perto tão divertida quanto...

— Shh...

Tia Anna acariciou os cabelos loiros de Emma.

— Talvez a Lumikki seja um pouco tímida — ela sugeriu. — Venha, vamos pegar um balão para você.

Tia Anna pegou a mão de Emma. Depois de alguns passos, Emma virou-se para trás e mostrou a língua para Lumikki. Tia Anna e mamãe não repararam. Mamãe estava olhando para o mar. Parecia que o vento salgado fazia seus olhos lacrimejarem. Limpando-os com as costas da mão, ela suspirou e, em finlandês, disse para Lumikki:

— Não é bom sempre dizer "não". Se você falasse "sim" um pouco mais, poderia fazer alguns amigos.

Amigos? Lumikki queria amigos? Isso significava que ela tinha de fazer o que as pessoas quisessem?

O verso seguinte da canção não queria sair mais da boca de Lumikki.

— Não.

Lumikki tentou dizer isso em uma voz que evitasse mais discussões sobre o assunto.

Elisa olhou para ela com seus olhos grandes. No entanto, o olhar de "bambi que acabou de perder a mamãe" não funcionou com Lumikki.

— Mas nenhum de nós pode — Tuukka tentou argumentar. — Você é a única que o pai da Elisa nunca viu antes.

— Brincar de detetive pode ter sido divertido no primário, mas isto não é um jogo.

Lumikki abriu a porta da varanda e deixou o ar gélido entrar rápido no quarto de Elisa. Ela fora forçada a passar quase meia hora no *closet* envolta naquele cheiro muito doce enquanto Elisa e os meninos se divertiam no andar de baixo comendo a sopa de frango que o pai dela fizera. Finalmente, o pai de Elisa havia voltado ao trabalho.

Lumikki puxou o ar fresco para seus pulmões. Não importava o fato de isso causar uma dor aguda.

— Mas pode ser o único jeito de descobrirmos o que está acontecendo — Kasper disse, também tentando persuadi-la.

— Ou talvez a gente devesse parar de brincar e ir falar com a polícia — Lumikki falou.

Não, não, não. Por causa da festa. Por causa das drogas. Por causa da invasão na escola. Por causa do dinheiro. Porque o pai de Elisa era policial, e quem acreditaria neles a menos que tivessem mais informações, mais do que algumas fotos e um e-mail apagado?

— Cabular aula dia após dia pode não importar para vocês, mas eu não estou interessada em ser expulsa.

Determinada, Lumikki partiu para o andar de baixo. Elisa, Tuukka e Kasper a seguiram como cachorrinhos. Só faltavam as línguas para fora.

— Tudo o que você tem amanhã são duas horas de Física e duas horas de Educação Física — Elisa falou. — E você não está nem perto de ter faltas demais em nenhuma das duas matérias.

Lumikki olhou para Elisa. Ela havia verificado o horário de aulas e as faltas dela? Uma jogada bem esperta. Surpreendentemente esperta.

— Se fizer mais esta coisinha, eu juro que não vou incomodar mais.

Elisa parecia sincera.

Lumikki não deu nenhum sinal de que estava tentada, nem pela ideia de que eles não a incomodariam mais nem pela tarefa em si. Ela sabia que a realizaria bem. Ela era boa em ser invisível, despercebida, inexistente.

— Certo. Mas agora eu vou para a escola. Ainda consigo chegar para a aula de artes.

A expressão de Elisa se iluminou quando ela percebeu que Lumikki tinha mesmo concordado. Espontânea, ela abraçou Lumikki, que sentiu como se uma jiboia se enrolasse nela. Ela devia ter repelido o primeiro ataque-surpresa de Elisa. Agora ela estava claramente presa em um ciclo de abraços do qual nunca escaparia.

— Obrigada obrigada obrigada.

Lumikki chacoalhou o corpo para sair do abraço.

— Não me faça mudar de ideia.

Tuukka estava parado acima delas na escada, apoiado no corrimão e com um sorriso torto. Ele provavelmente achava que seu sorriso curvado era ironicamente atraente, mas, na verdade, não passava de idiota.

Do lado de fora, Lumikki olhou o relógio do seu telefone. Eram 12h35. Ela teria de voltar ali em dezessete horas.

O agressor chegou a Lumikki pela direita. Rapidamente, ela deu dois socos com a mão direita no nariz dele, seguidos por dois socos vindos de baixo no queixo. Imediatamente, ela repetiu a sequência. Dois socos diretos e dois socos de baixo. Direto, direto, de baixo, de baixo. Os batimentos cardíacos de Lumikki estavam por volta de 175.

Seu oponente cambaleou, mas permaneceu em pé e continuou tentando pegá-la. Lumikki mirou seu cotovelo direito nas costelas dele e, depois, levantou rápido como um raio, continuando o movimento com seu punho direito certeiro na bochecha dele. Depois, ela acabou o serviço atacando com um chute lateral rápido.

O agressor estava no chão. Suor escorria pelas costas, panturrilhas e rosto de Lumikki.

O agressor tentou se levantar, mas Lumikki o empurrou com firmeza de volta para o chão com a mão direita.

Não tente nada, seu merdinha.

Ela começou a socar com a mão direita, deixando o punho cair com toda a força na parte superior do corpo e no rosto dele. No início, os golpes eram lentos, precisos e sem dó. Pouco a pouco, a velocidade deles aumentou e eles se tornaram loucos, uma rajada nervosa de ódio.

É inútil implorar por misericórdia. *Aqui não é igreja e você não será perdoado pelos seus pecados.*

Suor salgado entrou nos olhos de Lumikki, fazendo-os arder. Ela tentou afastar o incômodo piscando, mas finalmente teve de fechar os olhos bem apertado. Ela não precisava ver. Conhecia o rosto do oponente muito bem.

Você. Nunca. Vai. Levantar. De novo.

— Excelente! Agora o mesmo do lado esquerdo. Vocês já sabem essa combinação. Façam o melhor que puderem desde o início, pessoal.

Lumikki deu alguns passos extras para o lado para pegar a sua toalha e usou-a depressa para secar os olhos e a testa. Depois, a música pulsante encheu de novo a academia onde cerca de quarenta garotas, algumas mulheres de meia-idade e três homens começaram a se mexer no mesmo padrão sincronizado de passos e golpes como parte de uma máquina muito bem ajustada. Era aula de *Body Combat*.

Lumikki olhou para os grandes espelhos nas paredes para garantir que estava agachada o bastante e que seus punhos estavam altos o suficiente para bloquear seu rosto, vermelho de esforço. Diagonalmente, atrás dela, uma menina de blusa verde e marias-chiquinhas observava Lumikki para imitar a posição dela. *Vá em frente e olhe*. Lumikki sabia que era uma das melhores do grupo. Ela se doava cem por cento em cada movimento. Ela sabia a técnica.

Ou é melhor chamar de coreografia? Porque, no final das contas, era apenas isso. Uma série de movimentos executados no tempo certo, ao som de músicas pop dançantes com um toque de artes marciais jogado na mistura. Passos simples o bastante para qualquer um seguir enquanto suava para perder celulite, lutando contra oponentes imaginários enquanto o instrutor gritava orientações e incentivos. Apenas alguns graus mais agressivo do que a aeróbica.

Lumikki gostava de *Body Combat*, de qualquer forma. Você sua, seus músculos ficam tonificados e entrar na mentalidade certa era fácil para ela. Ela não queria praticar uma arte marcial de verdade ou boxe. Ela já sabia muito bem a sensação de enterrar o punho na barriga de outra pessoa. Ela sabia como o sangue brotava de um nariz e o estranho calor dele na pele. Como uma geleia ou gelatina caseira que só esfriou um pouco. Ela não queria um alvo real e vivo para os seus ataques. Ainda se lembrava muito bem da sensação de acertar uma pessoa de verdade, embora mais de dois anos já tivessem se passado. O crepúsculo nórdico azul daquela tarde no pátio da escola estava gravado em sua memória. Sempre que aparecia em sua mente, ela sentia um gosto ácido na boca e cheirava o aroma doce de perfume. A fragrância continha rosas, baunilha e um toque de sândalo.

A música havia mudado. Agora era algo sobre a chuva caindo, mas o ritmo continuava frenético.

Lumikki não precisava de chuva para encharcar sua regata preta. Ela já estava toda molhada de transpiração.

Depois da aula, ela ficou sentada no vestiário, permitindo que a respiração se estabilizasse enquanto ela desenrolava as faixas das mãos. Além de dar suporte aos pulsos, elas também absorviam suor. No entanto, mais do que tudo, elas eram parte do jogo, acessórios para um papel, uma maneira de boas menininhas estudantes como ela imaginarem ser outra coisa. Faixas de atitude, era como algumas pessoas as chamavam. Algumas de brincadeira, algumas com mais entusiasmo.

— Este novo programa é bom. Mais intenso do que o antigo.

Lumikki olhou para a pessoa que se dirigia a ela. A menina, que parecia alguns anos mais velha, estava sentada do outro lado do banco, desenrolando os próprios punhos, e claramente direcionava as palavras para Lumikki. Cabelos longos e ruivos presos em um rabo de cavalo alto. Rosto e braços pontilhados de sardas. Calças pretas largas e um top preto justo, o mesmo uniforme de *Body Combat* que Lumikki usava. Ela vira a menina na aula e na academia muitas vezes. E sabia que a menina a vira também. Lumikki reparara nela observando seus movimentos. E não apenas seus movimentos, mas a curva do seu corpo, o formato dos seus músculos. Ela sentira que a menina falaria com ela em algum momento.

— É, é muito bom — Lumikki respondeu.

Com um movimento natural e relaxado, a ruiva escorregou para se sentar ao lado de Lumikki. Calvin Klein One e gel de banho com fragrância de toranja lutavam pela dominância por baixo do cheiro do suor dela. Um bíceps retesado arredondou-se enquanto a menina continuava tirando suas faixas dos pulsos. Bem no seu bíceps, sete sardas quase formavam a constelação de Gêmeos.

Lembranças forçaram-se a voltar para Lumikki. Havia outra pessoa que usava CK One. Que tinha uma tatuagem de Gêmeos no pescoço. A sensação de apertar os lábios na pele daquele pescoço e deixar beijos suaves como penas ao longo das estrelas. Deixar sua boca demorar-se quando chegava a Castor. Saber que, em algum lugar de Pólux, a pessoa da tatuagem não conseguiria mais resistir, prendendo os pulsos de Lumikki e beijando seus lábios.

Havia mesmo acontecido apenas um verão atrás? Parecia que fora há cem anos.

Lumikki agarrou sua garrafa de água e deu um gole demorado. A menina estava claramente esperando que ela dissesse alguma coisa, desse algum sinal de que se aproximar havia sido uma boa ideia. Tomar uma pequena iniciativa. Lumikki percebia bem demais aonde aquilo levaria. A mais conversas, sorrisos, um convite cuidadoso para tomar café e, depois, inevitavelmente, a uma situação em que ela teria de ser cruel.

"Não é você, sou eu."

"Não agora. Não ainda. Talvez nunca."

"Vamos ser apenas amigas."

E as duas saberiam que isso significaria fazer o melhor que pudessem para uma evitar a outra a partir daquele momento.

E Lumikki nunca poderia explicar que elas só estavam naquela situação porque o perfume da menina lhe lembrara outra pessoa, e por isso elas não podiam continuar. Ela não poderia ser honesta. Ela teria de mentir desde o início, e isso só levaria a constrangimento, arrependimento pouco sincero e aborrecimento brando.

Tão inútil. Lumikki decidiu salvar as duas daquela vez, poupar os sentimentos da menina e só continuar bebendo água. O silêncio transformou-se em constrangimento. A menina se mexeu desconfortável e colocou alguns cabelos bagunçados para trás.

— Certo. Até mais — ela disse.

Lumikki ergueu um pouco uma das mãos em despedida. Pegando sua bolsa de ginástica, a menina foi para outro ponto do vestiário em que elas não pudessem se ver. Lumikki soltou em silêncio o ar dos pulmões. O sentimento eufórico que tivera depois da aula se fora. Suas roupas de ginástica, que não cobriam muito, estavam coladas e frias contra a pele.

A última música da aula estava grudada na cabeça dela — a rendição. Em algumas situações, ela preferia se render a lutar. Às vezes, era o melhor para todos.

Lumikki teve a sauna só para si pela primeira vez. Em vez de jogar água nas pedras imediatamente, ela deixou o calor voltar à pele, gotas de suor formavam-se de novo, desciam do pescoço pela coluna. Lembranças do verão e do outono lutavam para chegar à superfície junto com a transpiração, embora ela tentasse dizer a elas que não era um bom momento. Nunca havia um bom momento para arrependimento e saudade. Agarrando-a, elas apertaram bem o seu estômago e forçaram as costas dela a se dobrar.

Olhos azul-claros olhando direto para os dela. Em seguida, desviando depressa. Para algum outro lugar.

— É melhor não nos vermos mais.

— Nunca mais?

— Pelo menos por um tempinho. Você entende que eu quero passar por isso por conta própria, não? Eu apenas não posso ficar com você agora. E não seria justo fazer você me aturar.

Lumikki tivera vontade de gritar. Que direito alguém tinha de dizer quais eram os limites da resistência dela, ou decidir o que era justo com ela ou não? Lumikki sabia cuidar de si mesma. O que a deixara furiosa fora a maneira casual como fora excluída da vida e dos desafios dessa outra pessoa. Como se ela fosse uma criancinha frágil que precisasse ser protegida. Lumikki tivera vontade de sibilar de volta que passara por situações muito piores e não precisava ser mantida em plástico bolha.

Ela percebera que gritar não ajudaria em nada, no entanto. O papel de Lumikki era apenas o de aceitar aquilo. Era o que o roteiro dizia naquela cena.

— O que "um tempinho" quer dizer? Ainda posso ligar para você, não é?

Lumikki detestara a súplica em tom agudo em sua voz. Ela sentira um nó de lágrimas crescer em sua garganta e soubera que não poderia deixá-lo sair. Anos haviam se passado desde que ela perdera a capacidade de chorar. No verão anterior, ela pensou que talvez a tivesse encontrado de novo, mas, durante aquela conversa, percebera que simplesmente teria de viver com aquele nó, engoli-lo e esperar que desaparecesse sozinho em algum momento.

Sem ligações, sem e-mails, sem mensagens no Facebook, sem cartas, sem código Morse com uma lanterna nas horas escuras da noite, sem sinais de fumaça soprados com o hálito quente em uma noite gelada de outono, sem pensamentos tão intensos que podiam penetrar na névoa e nas paredes e nas portas. Nada. Completo silêncio. Era como se a pessoa inteira tivesse desaparecido da face da Terra. Ou, pelo menos, desaparecido da vida de Lumikki em um golpe rápido. De maneira tão inesperada e presunçosa quanto chegara.

Lumikki lembrava-se daquele dia em maio. A luz do sol surpreendentemente clara e a temperatura, trapaceira como um bandido, passando dos vinte e um graus pela primeira vez no ano todo. Ela caminhava até o centro da cidade com muitas camadas de roupas. Na margem ao lado das corredeiras, ela tirou o casaco e se sentou em um banco para observar a água escura fluir e sentir o calor do sol no rosto. Passou por sua cabeça que o momento seria perfeito se ela estivesse tomando sua primeira casquinha da estação. Por sorte, uma barraca de sorvete estava bem ao seu lado. Lumikki jogou o casaco por cima do ombro e se posicionou ao fim de uma longa fila. Muitas outras pessoas também estavam com o desejo de seu primeiro doce gelado.

Enquanto aguardava na fila, Lumikki perguntou-se se deveria pegar de alcaçuz de limão. Alcaçuz era sua escolha de sempre. E era boa. Mas limão também era uma ideia atraente. Talvez fossem a luz e o sol de maio prometendo um longo verão de calor sufocante. Quando chegou sua vez, ela ainda não se decidira.

Olhos azul-claros analisaram Lumikki quando ela abriu a boca para fazer o pedido. Mas o vendedor de sorvete era mais rápido.

— Não diga nada. Deixe-me adivinhar. Você não quer chocolate nem morango. E com certeza não quer baunilha. Você não está interessada nessa coisa de *fudge* de caramelo e nenhum dos novos sabores que, em geral, você acha que são apenas uma forma de enganar os idiotas e os curiosos. Você é uma menina do alcaçuz. É fácil reconhecer a distância.

Os olhos azul-claros estreitaram-se um pouco e, depois, recuperaram o foco.

— Mas, neste instante, o que você quer é limão. Porque já não é mais primavera na verdade, mas também não é bem verão ainda. Você quer algo azedo e amarelo. Sorvete de sol de maio.

Lumikki ficou sem palavras.

— Você quer uma bola, mas não quer a casquinha de *waffle* porque acha que ela tem gosto de papelão adocicado. Então vou colocar em um copinho.

O vendedor de sorvete virou-se para montar o pedido. De repente, Lumikki estava com um calor insuportável. Ela teria calor mesmo se ficasse só com a roupa de baixo bem ali, naquele instante. Ele demorou muito. O momento constrangedor se estendeu. Lumikki ainda não conseguira dizer nada. Enfim, o menino virou-se e entregou a Lumikki um guardanapo de papel e uma tigela de sorvete. Quando Lumikki começou a procurar o dinheiro no bolso, um sorriso brilhou nos olhos azul-claros.

— Não se preocupe. É por minha conta.

Lumikki conseguiu cuspir alguma coisa parecida com um agradecimento e, depois, virou-se sobre os calcanhares com as bochechas em chamas. Ela se sentia como se tivesse acabado de passar pelo raio-X. A sensação era extremamente desconfortável e também estranhamente emocionante. Quando voltou para o banco ao lado das corredeiras, percebeu alguma coisa escrita no guardanapo.

"Ligue. Você sabe que você quer." E um número de telefone.

Lumikki fez que não com a cabeça. "Presunçoso", ela pensou. "E provavelmente um babaca." Naquela noite, ela digitou o número com as palmas suando.

Idiota egoísta. Covarde patético. Molenga inútil. Não importava quantas vezes Lumikki tivesse dito essas palavras durante as horas lentas e intermináveis em que ficou deitada e acordada à noite depois do rompimento com ele, nunca se tornaram verdade. Ela amara um idiota, um covarde, um molenga. Ela entendera a decisão dele, embora não quisesse entender. Ela aguardara e tivera esperança, tivera esperança e aguardara, pulando sempre que o telefone tocava, sentada à sua janela olhando para a rua embaixo, imaginando que via aquele jeito de andar conhecido. Ela fez café preto forte no meio da noite, já que sabia que não conseguiria dormir de qualquer forma. O cheiro pungente do café era reconfortante, envolvendo-a como um cobertor quente. Ela bebeu o café quente demais de propósito, tentando dissolver o nó na garganta.

Durante semanas e meses, o nó encolheu e a saudade aliviou até se mesclar com a paisagem. Determinada, ela desistiu da esperança. Não adiantava. Eles provavelmente nunca mais se veriam.

Lumikki começou a jogar água nas pedras da sauna, derramando mais e mais até o forno parar de responder com um chiado bravo. O vapor quente atingiu dolorosamente a parte de cima das costas dela e seu pescoço. Lumikki endireitou as costas e sentiu o aperto no estômago abrandar. Seus olhos arderam, ela os limpou com a mão. Era suor, apenas suor.

Naquela noite, Lumikki encarou a parede branca do seu apartamento e pensou na pintura em que trabalhava na aula de artes. Ela não era uma pintora ou ilustradora com um talento especial, embora amasse as artes visuais. Ela não sustentava nenhuma esperança de um dia ser mais do que uma amadora capaz. Fazia aula de Arte apenas por diversão, apreciava a oportunidade de brincar e relaxar fazendo imagens. Ela duvidava de que, mais tarde em sua vida, teria acesso a tintas grátis, telas e um estúdio como os que a escola oferecia.

Preto, preto, preto. A superfície já fora coberta, mas Lumikki quisera ainda mais preto, mais textura, rachaduras e fendas para que a pintura não tivesse apenas duas dimensões. Depois de ter camadas suficientes, ela deitou a tela no chão do estúdio sobre alguns jornais e, subindo em uma cadeira, começou a pingar sobre ela tinta vermelha. As gotas de tinta esparramavam-se contra o preto como gotas de chuva vermelhas, como gotas de sangue.

Lumikki quase a terminara naquele dia.

E agora sabia o título da pintura também. *Amigas*.

QUINTA-FEIRA, *3 de maio*

15

Brancas, acolchoadas, inchadas, translúcidas, como montanhas de *chantilly*. Distantes e ainda mais longe, ondulando para cima e para baixo e passando umas às outras. Nuvens lentas de movimentos lânguidos.

"Os dias esfriam ao se aproximarem da noite..."

As palavras de um poema sueco passaram pela cabeça dela.

Aquele dia não esfriara ainda, mas o pior do calor passara. O ar era como néctar. Como se tocasse nos contornos do corpo dela com uma grande pena, ele acariciava os dedos dos seus pés, suas coxas e seus braços. Lá na doca, eles podiam ficar deitados completamente nus, olhando para o céu e as nuvens. Esperando. Desejando. Ansiando pelo outro, embora ainda estivesse ao alcance. Sorrindo para si mesma ao sentir aquele olhar na sua pele.

"Pegue meus ombros delgados e desejosos em suas mãos..."

Calor do ar e de dentro. Calor que dispersava pensamentos preguiçosos. Apressando o ócio, pressa lânguida. A transitoriedade eterna, eterna do verão. O momento quando tudo ainda era bom e estar junto era melhor do que estar só. O pensamento de que aquela sensação poderia durar e durar. *Poderíamos simplesmente ficar aqui. Eu poderia ficar com esta pessoa. Eu poderia pegar esta mão dezenas, centenas, milhares de vezes. E ficar quieta. Ficar quieta e ouvir nossa respiração procurar o mesmo ritmo natural e tranquilo, que podia também ficar rápido e urgente junto, em sincronia.*

Quando o verão havia passado e um tom suave de frio apareceu no vento conforme ele espalhava as primeiras folhas amarelas das bétulas, esses pensamentos pareciam um sonho. Um sonho que outra pessoa havia sonhado.

Lumikki suspirou e desviou o olhar do céu para a direção da delegacia. As grandes janelas da rodoviária ofereciam a ela uma visão livre. Era sua terceira hora esperando que algo acontecesse.

E parecia inútil.

No frio de gelar os ossos, ela seguira o pai de Elisa, Terho Väisänen, da casa deles, em Pyynikki, até a estrada. Depois, Väisänen virara e fora para o trabalho e Lumikki havia assumido a vigilância na estação. Ela não iria esperar na delegacia. As filas para processar passaportes eram conhecidas pela lentidão, mas uma menina sentada na sala de espera durante horas e horas teria levantado suspeitas em algum momento.

No entanto, ninguém a olhava feio ali. Ela estava arrumada o suficiente para não parecer uma mendiga e passava despercebida o bastante para ninguém ao menos se lembrar de que ela esteve lá.

Ainda assim, passar o dia dessa forma parecia ridículo. O cenário mais provável era que Väisänen ficasse no trabalho até as quatro horas, ou mais tarde, e, depois, caminhasse de volta para casa pelo mesmo caminho por onde viera. Uma perseguição muito ousada.

Lumikki estava no seu quarto copo de papel de café preto. Precisava ficar acordada de alguma forma.

Dinheiro. Homens perseguindo Elisa. A jovem nas fotos. Urso Polar.

Como tudo isso se conectava?

Väisänen era a chave. Ela tinha certeza disso. Elisa tinha certeza também, embora não quisesse acreditar em nada de ruim sobre seu pai. Mas precisava. Depois de ver as fotos, seu rosto ficou um pouco cinza. Algo dentro dela desmoronou. Naquele momento, o que restava da inocência da juventude dela desapareceu, e uma parte de sua identidade se estilhaçou.

Lumikki reconhecia aquela sensação. Ela se lembrava de ter olhado para si mesma no espelho em algum momento do outono da primeira série, um pouco antes do Natal, e de ter visto uma menininha assustada e chocada que nunca poderia ter acreditado que algo como aquilo pudesse acontecer com ela. Que algo assim tivesse existido. "Eu não sou mais eu." Foi o que ela pensou. E era verdade. Ela se tornara outra coisa, um tipo diferente de menina.

Era uma vez uma menina que aprendeu a ter medo.

Cansada de observar a delegacia, Lumikki descansou os olhos correndo-os pela rodoviária por um tempo. Reformada um ano antes, era um belo prédio de estilo funcionalista. A luz da manhã entrava pelas amplas janelas em ondas. Se você apenas olhasse para a luz e não para a claridade ofuscante do lado de fora, poderia imaginar que era verão.

Lumikki teria gostado de se inclinar para trás em sua cadeira de espera no *hall*, fechar os olhos e sonhar mais uma vez com calor e abandono. Aceitar a alegria e a dor daquelas lembranças de verão. Que diabos ela estava fazendo ali?

Viivo Tamm ficava de olho na delegacia enquanto preenchia o *sudoku* do tabloide. Ele duvidava da saúde mental de Boris Sokolov. Ficar de tocaia o dia todo por causa de um policial em serviço não parecia tão inteligente. Mas Sokolov tinha certeza de que algo estranho acontecia. Ele estava intrigado com a ausência de resposta de Väisänen para o e-mail de Natalia. Aparentemente, Natalia havia brincado uma vez dizendo que Väisänen costumava responder para ela quase antes de ela clicar em "enviar".

Sokolov tinha o palpite de que alguma coisa aconteceria naquele dia. E, quando Sokolov tinha um palpite, não havia por que discutir.

Viivo perguntara a Sokolov por que ele não podia simplesmente ir falar com Väisänen. Fazê-lo entender que não era boa ideia ficar desperdiçando o tempo deles. Viivo era bom em manter as pessoas na linha. Mantê-las em silêncio. Algumas pessoas nunca mais diziam nada depois de ele lhes fazer uma visita.

Infelizmente, não era uma opção dessa vez. Nenhum deles podia ser visto com o policial se queriam continuar com a colaboração. Então ele devia apenas observar.

Sokolov estava convencido de que Väisänen tentava enganá-los e queria saber se ele tinha cúmplices.

Aquele quadradinho precisava de um nove ou um sete? Ele devia ter escolhido um *sudoku* de três estrelas em vez de cinco. Ficar no simples. Ele não estava tentando se tornar mestre em *sudoku* nem nada; era só para matar o tempo. Mastigando a ponta do lápis, Viivo levantou o olhar para a delegacia.

Aquilo desperdiçaria todo o seu dia.

Lumikki começou a desenterrar o celular para ligar para Elisa e retirar sua promessa. Ela já desperdiçara o bastante da sua vida naquela perseguição inútil.

Na delegacia, Terho Väisänen pensou no e-mail que recebera tarde na noite anterior. É óbvio que ele não conseguira entrar em contato com o Urso Polar diretamente, mas conseguira se comunicar com um dos "assistentes" dele, que também usava um codinome. O assistente escrevera para dizer que Terho devia visitar o Centro de Convenções de Tampere para recuperar um telefone escondido em uma caixa-d'água na terceira cabine do banheiro masculino e usá-lo para ligar para o primeiro número da lista de contatos. Então, receberia mais instruções. O celular ficaria ali apenas naquele dia.

Estaria ele dando um passo maior que a perna?

Talvez devesse simplesmente continuar trabalhando com Boris Sokolov e os estonianos. Eles eram criminosos de nível intermediário, sem complicações. Sokolov estava um degrau acima dos estonianos, mas ainda era apenas um subordinado. O Urso Polar era algo completamente diferente. Havia apenas rumores sobre ele, nada concreto. Terho não conhecia ninguém que tivesse visto mesmo o homem.

No entanto, se ele queria seu dinheiro, teria de fazer alguma coisa. E ele queria muito. Tinha de consegui-lo. Estivera contando com ele e, agora, algumas dívidas de jogo estavam prestes a vencer.

Puxando o casaco, Terho silenciou seu estômago, que resmungava, e decidiu passar a hora do almoço no banheiro do centro de convenções.

Um homem saiu andando da delegacia.

Viivo Tamm se levantou.

Lumikki se levantou.

Tamm era um pouco mais rápido, o que foi propício para Lumikki, porque lhe deu tempo o bastante para perceber que o homem que baixara de repente seu *sudoku* lhe parecia familiar. Quando o homem se colocou em ação, Lumikki reconheceu-o pela distância entre seus passos, sua postura um pouco curvada e a maneira como ele balançava os braços.

Um de seus perseguidores.

O homem saiu correndo pela porta. Em um piscar de olhos, Lumikki entendeu que não era coincidência ele estar ali e, agora, sair correndo ao mesmo tempo que ela. Um fato simples a ligava àquele homem.

O mesmo alvo.

Droga! Isso deixaria tudo mais difícil. Ela teria de ficar fora da vista de dois homens em vez de apenas um.

16

Lumikki ficou parada no *lobby* do centro de convenções, indecisa por um momento.

Até ali, tudo havia corrido bem. O pai de Elisa estivera tão concentrado em chegar ao seu destino e seu perseguidor, tão focado em segui-lo que nenhum deles prestara atenção em Lumikki. Ela ficara para trás o máximo que podia, mantendo uma conexão visual com os dois homens. Agora você me vê. Agora, não. Ela conhecia esse jogo.

Depois de cruzarem a ponte da ferrovia, cada um deles passou pela universidade e virou, rumo ao norte, na direção do centro de convenções. Do lado de dentro, Lumikki teve um problema.

Terho Väisänen caminhou decidido pelo saguão principal, acompanhando a *Linha Azul* de Kimmo Kaivanto, uma faixa de lajotas especiais que seguia pelo meio do piso e às vezes se erguia na direção do teto em estátuas de cobalto em forma de blocos. Depois, Väisänen virou-se para o banheiro masculino. Seu perseguidor parou por alguns segundos do lado de fora, olhando ao redor, e, em seguida, entrou também.

Lumikki ponderou sobre suas opções. Ela podia esperar no *lobby*, escondida. No entanto, alguma coisa decisiva poderia acontecer no banheiro. *Provavelmente* aconteceria no banheiro. Não havia chance de o pai de Elisa ir até ali só para ter e apreciar um pouco de variedade na cor dos azulejos enquanto fazia xixi. Ele tinha algum outro motivo para estar ali, e Lumikki tinha de descobrir o que era. Não podia entrar como menina, porque atrairia muita atenção indesejada. Teria de entrar como menino.

Lumikki olhou para si mesma nos espelhos perto da chapelaria. Ela vestia roupas escuras e um gorro de tricô cinza. Tudo apropriadamente neutro em termos de gênero. Um casaco grosso de inverno escondia a forma de seu corpo. Enfiando o cabelo depressa sob o gorro, ela mudou sua postura, deslocando um pouco seu centro de gravidade. Alterou sua expressão.

A transformação era impressionante. No espelho, um garoto adolescente com o gorro puxado para baixo olhou de volta para ela.

O jeito de andar era o mais importante. Ela tinha de relaxar, abrir os quadris e andar um pouco desleixada. Depois caminhou até a porta do banheiro masculino, pegou a maçaneta e abriu-a com força e confiança.

Os dedos de Terho Väisänen escorregaram quando ele tentou levantar a tampa da caixa-d'água do vaso sanitário. Era surpreendentemente pesada e bem ajustada. Ele tentou colocar as unhas na pequenina fenda, mas não adiantou. Precisava de algo mais longo. Terho procurou nos bolsos. Sua faixa de braço refletora não ajudaria, nem a carteira de motorista. Por sorte, no fundo de um bolso do casaco, ele achou a chave de um velho cadeado de bicicleta, que conseguiu forçar sob a tampa. Depois, começou a abrir a caixa-d'água puxando a tampa o mais silenciosamente possível. De repente, ouviu alguém entrar na cabine à esquerda.

Mas que sorte. Ele não podia nunca ter um descanso?

A chave se curvava perigosamente, no entanto, graças a Deus, a tampa também se mexia. Ela bateu feio no canto da caixa-d'água, fazendo um barulho parecido com uma explosão no banheiro silencioso.

A porta foi aberta de novo. Ótimo, mais um par de ouvidos. O recém-chegado escolheu a cabine à sua direita. Terho sentiu-se cercado. Ele precisava se acalmar, respirar profundamente e tentar não ser paranoico. O centro de convenções era um lugar público com banheiros gratuitos. É claro que haveria outras pessoas ali. Era apenas uma coincidência infeliz três homens quererem esvaziar os intestinos ao mesmo tempo. Bem, dois, uma vez que ele se ocupava com outras coisas.

Terho tirou o casaco e enrolou as mangas da camisa. Enfiando a mão na caixa-d'água, ele tateou. No começo, seus dedos só sentiram água e ele ficou revoltado, apesar de saber que o líquido da caixa estava perfeitamente limpo. Ele estava na cabine certa? E se já tivessem levado o telefone de volta? E se ele tivesse sido enganado?

Sua mão então bateu em alguma coisa.

Bingo.

Terho puxou um estojo preto, que devia ser à prova d'água. Abrindo-o com cuidado, achou um celular enrolado em plástico lá dentro. Enfiando o telefone em um bolso do casaco e o estojo em outro, recolocou a tampa da caixa-d'água. Seu coração martelava nas orelhas como um baterista louco. Ele percebeu que suas mãos tremiam. O medo deixava seus joelhos instáveis, embora não devesse haver nada para temer.

Casaco vestido, porta aberta, ir depressa para as pias. Esfregando sabão nas mãos energicamente, Terho se lavou e se enxaguou por completo e, depois, repetiu o processo. Ele conteve o desejo de limpar as digitais da caixa-d'água. Teria sido demais.

Nem um barulho veio das outras duas cabines. "Talvez um pouco de constipação estivesse atacando", Terho pensou, secando as mãos com cuidado e, depois, saindo apressadamente do banheiro.

Lumikki contou os segundos. Com uma olhada rápida para baixo, ela garantira que entrava em uma cabine ao lado de Väisänen. Ele tivera dificuldade com alguma coisa e, com base nos barulhos, devia ter sido a caixa-d'água do vaso sanitário. Depois de terminar seu trabalho, ele lavara as mãos e saíra.

Ela ouviu o perseguidor dar a descarga. Para o bem das aparências, era de presumir. Depois, ele também saiu do banheiro, mas sem lavar as mãos. Lumikki detestava quando as pessoas não lavavam a mão depois de usar o banheiro. Ela não era fanática por limpeza, de forma alguma, mas aquilo era higiene básica.

Cinco, seis, sete, oito...

Aos dez segundos, Lumikki abriu a porta da cabine, lavou as mãos e saiu depressa. Ela chegou bem a tempo de ver Terho Väisänen sair do prédio com o outro homem no seu encalço. Lumikki precisava correr.

O parque e o lago de patos do lado de fora pareciam encantados. Cada tronco e galho estavam ou cobertos de gelo espesso ou de neve congelada em formações cristalinas e delicadas. O sol se refletia em cada faceta. Brilhando, cintilando, faiscando, reluzindo, chispando. A Rainha da Neve havia passado no seu trenó pelo parque com cabelo e vestido flutuando, deixando para trás minúsculos cristais de gelo suspensos no ar. Ela deixara tudo branco e mágico.

A respiração da Rainha da Neve. Gelo e vento.

A respiração de Lumikki. Vapor de água que rapidamente formava gelo no seu cachecol e nos pelos delicados e quase imperceptíveis das suas bochechas.

Parando ao lado de alguns equipamentos de exercício pela trilha de corrida, ela fez algumas flexões de braços na barra fixa, espiando com cuidado. Terho Väisänen tirara um telefone do bolso, mexendo nele por alguns segundos antes de andar na direção do lago com ele apertado contra a orelha.

Seu perseguidor ficou parado atrás, ao lado de uma árvore próxima, fingindo acender um cigarro. Parecia que Väisänen ainda não reparara nele. Ele provavelmente repararia em Lumikki fazendo as flexões, mas não acharia que um adolescente que saiu para uma corrida estivesse interessado na sua conversa ao telefone. Ele também provavelmente pensaria que estava longe o bastante para ninguém ouvir. No entanto, no ar perfeitamente parado do inverno, ondas de som percorriam um grande caminho.

Três, quatro, cinco.

Lumikki contou as flexões enquanto esperava o pai de Elisa começar a ligação.

— Alô? Aqui é o... Certo, você sabe quem é.

O inglês tornou mais difícil a compreensão. Väisänen falava em voz baixa, olhando para o lago, o que significava que algumas palavras se perdiam no caminho. Preencher as lacunas teria sido mais fácil em finlandês.

Os braços de Lumikki começaram a cansar. Era óbvio que ela não vinha fazendo flexões o bastante nos últimos tempos. No entanto, não desistiu.

O perseguidor claramente também escutava.

Doze, treze.

— Urso Polar... Tão cedo?... Às oito, amanhã. Certo. *Black tie*. Se você pudesse pelo menos...

A última frase foi cortada. Alguém claramente havia desligado na cara de Terho Väisänen. Porém, Lumikki ouvira o bastante. O pai de Elisa, afinal de contas, iria à festa do Urso Polar.

Os braços de Lumikki de repente cederam, deixando-a cair com barulho no chão, os músculos tremendo e doendo do esforço.

Merda. Lá se vai a ideia de permanecer invisível.

Väisänen e seu perseguidor se viraram para olhar na direção dela. Não havia como ela continuar seguindo os dois. Agora, o mais importante era aceitar e terminar de fazer o seu papel de atleta inocente.

Lumikki começou a correr ao redor do lago, tentando manter sua postura masculina. Seus coturnos escorregaram no caminho coberto de gelo, acabando com a ilusão. Eles não se transformariam em tênis de corrida com travas simplesmente porque ela queria. Lumikki tinha apenas de manter a cabeça erguida.

Não há nada para ver aqui, pessoal, só um adolescente que saiu para correr.

Se ela conseguisse apenas chegar ao lago, teria um caminho em linha reta para casa, para tomar uma xícara de alguma coisa quente e poder passar as informações a Elisa.

Lumikki sabia que sua esperança era em vão ao ouvir passos pesados se aproximando atrás dela.

17

Boris Sokolov tentou ligar para Viivo Tamm, mas ele não atendeu. Provavelmente colocara o telefone no modo silencioso para se concentrar na perseguição. Era sensato, mas agora o serviço todo era inútil. Boris acabara de receber uma mensagem do Urso Polar dizendo que Terho Väisänen entrara em contato com ele e que os homens do Urso Polar haviam entregado um convite para a festa por meios nada ortodoxos. Boris nem sempre entendia os métodos do Urso Polar. Às vezes ele se perguntava se o Urso Polar era mesmo tão cuidadoso ou apenas gostava de brincar com as pessoas. A última possibilidade parecia tão plausível quanto a primeira. Às vezes, seguir as ordens do Urso Polar podia ser exaustivo. Boris sabia que estava em posição privilegiada, era até uma espécie de favorito, mas isso poderia ser modificado a qualquer momento. Ele vivia em constante medo, um nariz invisível colado ao seu pescoço. Não tinha espaço nem para um único erro.

Assim, precisava manter a concentração no trabalho que tinha em mãos no momento. E, agora, não havia nenhum motivo para arriscar alguém ligando o estoniano ao informante deles na polícia. Ou para Tamm fazer algo idiota. Viivo era um bom homem, bom profissional, mas, de vez em quando, perdia a calma. Quando isso acontecia, ele podia ficar imprevisível e difícil de controlar.

Boris enviou uma mensagem de texto para ele: "Pare. Abortar missão."

Viivo Tamm aumentou a velocidade. Dessa vez a vadiazinha não conseguiria fugir dele. Dessa vez ele mostraria a ela. A primeira vez fora um acaso. Agora era pessoal. Seu celular vibrou no bolso. Alguém tentava ligar, mas Viivo não podia parar para atender naquele momento. Ele tinha assuntos a tratar.

No começo, Viivo não conseguiu descobrir o que era tão familiar no menino que estava na barra de flexões. Depois, olhou com mais atenção. O casaco. Já o vira em algum lugar antes. Quando o menino começou a correr, Tamm se lembrou. O menino não era menino, mas uma menina. Uma menina correndo um pouco diferente, de alguma forma, mas de um jeito parecido o bastante para ele a reconhecer.

Por que Terho Väisänen não a reconhecera? A própria filha?

Processar isso levou alguns segundos para Tamm, mas, quando a ficha caiu, era como se uma tonelada de tijolos o atingisse. A menina não era a filha do tira. Aquela menina era outra pessoa e estava de algum jeito envolvida em tudo aquilo. E Viivo descobriria como.

Quando a menina aumentou a velocidade, Viivo se encheu de raiva. Nenhuma vadia adolescente iria contrariá-lo. Por causa dela, ele congelara os dedos dos pés e das mãos, gastando tempo precioso — que poderia ter sido usado traficando produtos — escondendo-se nos arbustos de Pyynikki e completando jogos de *sudoku* na estação rodoviária. A menina do gorro vermelho o fizera de idiota.

Ele iria pegá-la e pressioná-la até ela contar qual era a sua ligação.

Ela aprenderia que não se pode entrar em jogos de adultos quando não se conhecem as regras.

Percorreu um caminho estreito, que ladeava o centro de convenções, subiu o morro na direção da Rua Kaleva e passou por ela. Gelo escorregadio, sapatos completamente inadequados para corrida. Frio de dilacerar os pulmões e um casaco enorme. Era evidente que correr no inverno não era o esporte dela.

Lumikki olhou para trás.

O homem quase a alcançara.

Lumikki tentou respirar por uma fenda entre os dentes. Sibilando enquanto corria, como se se atrapalhasse em um trava-língua. *Sabia que o sabiá sabia assobiar.* O ar gélido era implacável.

Cruzou a Rua Kaleva até o outro lado.

Frio, frio, frio, frio. Mãos frias, coração frio. Mãos frias, coração frio. As palavras martelavam na cabeça de Lumikki enquanto ela tentava raciocinar. Devia continuar pela Rua Kaleva? Pontos positivos: outras pessoas, carros. Pontos negativos: trechos de gelo negro e a possibilidade de que os cúmplices do perseguidor estivessem à espreita em algum lugar com o furgão, prontos para pegá-la a qualquer segundo. Eles ousariam? Em plena luz do dia?

Lumikki tomou uma decisão rápida enquanto chegava ao cruzamento seguinte. O caminho tinha menos gelo ali. Virando-se, ela correu na direção do cemitério.

O homem a seguiu. Por sorte, ele parecia estar tendo problemas com as partes escorregadias também.

Mãos frias, coração frio...

Pare.

Lumikki tentou ficar com outra frase grudada na cabeça.

Sheryl Crow veio salvá-la.

Os coturnos de Lumikki continuavam escorregando. Ela falou um palavrão para si mesma. Dali em diante, teria de começar a usar travas para gelo e tênis de corrida o tempo todo. Só por garantia, no caso de alguém começar a persegui-la. O que parecia mais do que um pouco provável à luz dos eventos recentes.

Ela se virou para entrar no cemitério, passando correndo pelo túmulo de Väinö Linna à direita, o de Juice Leskinen à esquerda. Escritores e cantores mortos podiam salvá-la do tédio em longas noites de inverno, mas não podiam fazer nada por ela naquele momento. Ela iria mesmo morrer cercada por túmulos? Que ironia.

Ela conseguia ouvir os passos se aproximando o tempo todo. Lumikki sabia que olhar por cima do ombro não era uma boa ideia naquele instante. Se o fizesse, perderia segundos preciosos. Poderia correr para a capela? Ou para a porta de recolhimento do crematório? Haveria alguém lá? Ela poderia entrar?

Não corra em cemitérios.

A voz da sua mãe. As regras da sua mãe. *Desculpe, mãe. Nem mesmo você pode saber ou controlar tudo. Às vezes, precisamos apenas correr.*

Os mortos não se importam. Os mortos estão mortos. Cadáveres não se importam nem mesmo se a menina que corre sobre seus túmulos estiver tentando não se tornar um cadáver também. Por isso ela tinha de correr, embora seus pés escorregassem feito loucos a cada passo, embora o frio parecesse encher seus pulmões com pequeninos furos e o suor escorresse pelas suas costas sob o pesado casaco e a malha.

Os altos abetos do cemitério estavam congelados com o branco, suavizando suas linhas afiadas. Seus galhos curvavam-se sob o peso da neve, descendo na direção das lápides, descendo na direção de qualquer visitante.

Os mortos e os vivos. Os vivos e os mortos.

Voltem para julgar.

Os vivos e os mortos.

Lumikki já podia ouvir a respiração do homem. Não faltava muito para a mão dele agarrar a parte de trás do casaco dela.

E, então, algo aconteceu. Lumikki ouviu um baque seco, um grito com um rosnado e uma série de palavrões em estoniano. Ela não os entendia, mas o significado estava claro. Ela não se virou, mas a esperança emprestou às suas pernas uma força renovada.

Escorregando e caindo, Viivo Tamm bateu o joelho esquerdo dolorosamente no gelo. Imediatamente, ele percebeu que seu jogo criminoso acabara. Ele não mais perseguiria a menina. Teria sorte se conseguisse mancar até em casa.

Como um cachorro açoitado.

Como um vira-lata espancado.

Mais uma vez, a raiva fervilhou dentro dele. Mas, dessa vez, era maior, mais vermelha e mais ofuscante. Apoiado em um joelho, ele puxou a pistola.

Ele não pensou, apenas sentiu com cada fibra do seu ser que aquela menina precisava ser parada. A qualquer custo. Ele levantou a arma e apontou.

Lumikki ouviu um estalo abafado. Em seguida, algo passou zunindo por sua coxa e atingiu uma lápide à sua frente, arrancando um pedaço.

Uma bala.

O homem atirava nela.

A pulsação de Lumikki de repente ficou vinte batimentos mais rápida. Agora ela voava, e já não reparava mais no chão escorregadio ou no ar frio ou nos riachos de suor que escorriam pelas suas costas.

Apenas depois de um longo, longo caminho ela ousou olhar para trás. A silhueta do homem estava pequena, mas ainda visível, segurando o joelho. Uma senhora simpática se aproximara dele para ajudá-lo.

Não havia sinal da arma. Nenhuma outra bala passou zunindo por ela.

Lumikki continuou correndo, o que de repente pareceu fácil. Ela sabia que havia escapado.

Dessa vez.

Rachaduras corriam pela pintura do teto, formando estranhas estradas para lugar nenhum. Lumikki permaneceu deitada na cama, observando as rachaduras se entrecruzarem e deixando com que a raiva em seu interior crescesse. Contra a barriga, ela agarrava um coelho de pelúcia gasto, azul-claro, sem uma orelha. O coelho aceitava o forte e desesperado aperto de suas mãos.

Ela conseguira chegar à sua casa, arrancando os coturnos e jogando o casaco de inverno no encosto de uma cadeira. Depois de tirar o suéter ensopado e a camisa de manga comprida ainda mais molhada que vestia por baixo, ficou no chuveiro por meia hora, deixando a água lavá-la como uma chuva forte. Ela lavou o cabelo com xampu neutro e usou um sabonete também sem fragrância. Sempre usava produtos sem cheiro. Não porque fosse alérgica ou tivesse a pele especialmente sensível, mas porque não queria ter o cheiro de nada em especial.

Reconhecer uma pessoa pelo xampu, sabonete ou loção que ela usava era fácil demais, sem mencionar perfume ou loção pós-barba. Apenas um toque de sabonete frutado poderia ser suficiente para avisar até um nariz entupido de que certa pessoa acabara de estar naquele local. A maioria das pessoas não conseguia identificar os odores característicos de outras em espaços públicos — era necessário um senso mais apurado para cheiros —, mas qualquer um que não estivesse com gripe conseguia perceber os aromas extremamente doces e marcantes dos perfumes.

Os aromas também suscitam lembranças. O cheiro de xampu de alcatrão de pinheiro trazia de volta uma noite de verão e libélulas voando sobre a superfície da água. Gel de banho almiscarado traçava uma imagem clara de braços rijos e musculosos e costas com omoplatas lindas e proeminentes. Aquele aroma a lembrava de momentos quando os dois ficavam deitados abraçados, rindo de alguma coisinha em que ninguém mais poderia achar o mínimo de graça. Fazia-a pensar no olhar afiado e explorador daqueles olhos azul-claros, diante do qual ela sempre se sentia desconcertada e corada. Seu coração sempre parava e seus joelhos ficavam momentaneamente instáveis quando alguém passava exalando esse cheiro de gel de banho. Embora ela visse — e soubesse antes de ver — que o cheiro não vinha da pessoa por quem ela ansiava. Essa é a força que os aromas têm de afetar a memória.

Uma pessoa podia não se lembrar da aparência de um estranho, mas, quando sentia o cheiro de sua loção pós-barba em outra pessoa, o corpo robusto e forte dele, o cabelo curto, o jeans e a camisa xadrez de botões apareciam imediatamente na sua cabeça. Por exemplo, ela poderia se lembrar de como aquele homem andava e onde. Se tinha entrado em determinada porta.

Lumikki não queria isso. Ela não queria estranhos se lembrando dela. Ou, nem mesmo, obrigatoriamente, todos os seus conhecidos. Ela queria poder andar por aí tão invisível e sem cheiro quanto fosse possível.

Lumikki lavara o medo e o pânico da pele. Cuidara das bolhas causadas por correr de coturno.

Ela atendera uma ligação da mãe.

— Bem. Não, a escola não é tão ruim. Sim, ainda tenho dinheiro.

Mentiras. Bem-intencionadas mentiras.

Quando ela havia parado de contar tudo para a mãe? Ao começar o colégio? Provavelmente, sim. Ou talvez até antes, já que, na sua família, eles geralmente não conversavam muito. Lumikki nunca descobrira tudo sobre o que eles não conversavam, mas a falta de conversa pairava tão densa em cada aposento que atacava as pessoas como teias de aranha. Todos cuidavam dos seus próprios assuntos. Os temas-tabu podiam ser bizarros por completo, coisas que alguém de fora jamais adivinharia. Como o bicho de pelúcia que Lumikki segurava. Mamãe o trouxera para ela da última vez em que visitara Tampere e dissera que era o brinquedo favorito de Lumikki quando criança. Ao mirar os olhos do coelho, negros como carvão, Lumikki lembrou na mesma hora que, na verdade, ele fora o preferido de outra pessoa. Não dela, embora ela também brincasse com ele. Ela expressara esse pensamento em voz alta.

— Não, você deve estar lembrando errado — a mamãe dissera. — Esse era o seu brinquedo preferido e o nome dele é Oscar.

Lumikki negara com a cabeça.

— Eu dei a ele o nome de Oscar depois. Antes, o nome dele era Zany. Talvez eu tenha ganhado de um primo ou algo assim.

A mamãe não disse nada, e Lumikki presumira que isso significava que aquela era mais uma das muitas coisas sobre as quais elas simplesmente não conversariam.

As rachaduras no teto eram como o mapa estelar de um céu desconhecido. Falhas. Ela as amava. Eram tão interessantes. Mas, naquele momento, Lumikki se concentrava na raiva, porque ela lhe dava poder. Ela fora seguida uma segunda vez e, agora, alguém atirara nela. Ela tinha todo o direito de querer ter ainda menos a ver com essa bagunça do que antes. Porém, agora queria saber; queria clareza; queria um ponto final. E, acima de tudo, queria que todos aqueles homens pagassem por seus crimes. Ela não queria mais ter medo.

No entanto, o medo só terminaria quando a última carta fosse revelada.

Por isso ela sabia o que queria fazer no dia seguinte. Jogando o coelho com raiva no canto, ela pegou o celular e ligou para Elisa.

Com o auxílio de uma muleta, Viivo Tamm mancou até a sua porta e teve problemas com a chave. Segurar a muleta e virar a chave enquanto evitava colocar qualquer peso na perna esquerda era difícil. Balançando e perdendo o equilíbrio, ele fez uma careta.

A senhora solícita demais no cemitério praticamente o havia forçado a chamar uma ambulância e, era provável, teria ido junto para garantir que tudo estava bem se os paramédicos não tivessem garantido que Viivo estava nas melhores mãos possíveis.

Depois de constatar uma fratura fina como um fio de cabelo no seu raio-X, o médico do pronto-socorro colocara uma tala nele e o mandara embora com uma muleta e alguns analgésicos fortes.

Agora ele enfim estava em casa. Viivo não conseguia se lembrar de sua árida e lúgubre quitinete já ter parecido tão convidativa. Uma cerveja gelada, alguns ibuprofenos e talvez alguns dos supercomprimidos do médico. Uso de drogas misturadas na sua melhor forma. Depois, ligaria para Sokolov, que já deixara várias mensagens irritadas no seu correio de voz.

Russo lunático descontrolado. Estava com vontade de ignorar as ligações dele, mas Sokolov viria bater à sua porta.

Um ar abafado e cheirando a mofo cumprimentou Viivo na entrada. Em algum momento, ele realmente deveria lavar a montanha de pratos na pia. Mas, espere, havia também um toque estranho de menta misturado a ele. Como se alguém tivesse acabado de chupar uma bala no apartamento.

Fechando a porta, ele mancou pela sua combinação de sala de estar-quarto-escritório. Não teve tempo de acender a luz, no entanto, porque alguém fez isso por ele.

Viivo teve tempo de registrar o significado do cheiro.

Homens do Urso Polar.

O tiro foi apenas um estalo abafado. Depois, Viivo caiu de costas e o sangue brotou de sua boca como tinta vermelha.

SEXTA-FEIRA, *4 de março*

18

Pele branca como a neve.

Um enorme pincel de pó passou pelo rosto de Lumikki. Ela estava pálida depois de um longo inverno, mas elas não tentavam esconder isso. Bem pelo contrário. A base em creme era um tom mais claro que o tom natural da sua pele. Assim como o pó. A mudança de cor estava cuidadosamente escondida sob o arco do maxilar dela. A maquiagem equalizava a cor de sua pele e escondia suas pequenas manchas, fazendo seu rosto parecer liso de um jeito nada natural. Ela parecia uma boneca de porcelana.

Lábios vermelhos como o sangue.

Elisa traçou com cuidado o contorno dos lábios de Lumikki. O lápis passou pela curvinha do seu lábio superior, depois pelo lado esquerdo e, por fim, pelo direito. Em seguida, veio o lábio inferior com um traço certeiro. Deixando as linhas mais fracas na direção do meio dos lábios. Isso aumentava a impressão de profundidade.

Uma camada de batom. Excesso removido com cautela com uma toalha de papel. Depois outra camada. E, por fim, brilho labial vermelho no meio para criar uma ilusão ótica de volume.

Cabelos negros como o ébano.

Elisa arrumou a franja de Lumikki e, depois, congelou-a com uma fina névoa de spray. Afofando o resto do seu cabelo chanel, Elisa deixou outra camada de spray fixá-lo no lugar.

A tinta de cabelo tinha pegado bem. Lumikki pensou no quão estranho tinha parecido quando ela lavou o cabelo depois de dar à tintura tempo para agir, e filetes de preto azulado tinham serpenteado pelo azulejo branco. A tinta havia formado desenhos bonitos e de outro mundo no chão até o ralo sugar a água tingida pelos canos abaixo. Lumikki enxaguara o cabelo até a água estar perfeitamente incolor.

Ainda mais estranho fora quando Elisa a sentara em uma cadeira, enrolara um velho lençol em seus ombros e começara a cortar seus cabelos. Primeiro na altura dos ombros e, depois, subindo até um pouco abaixo das orelhas. Cachos pretos precipitavam no chão. Lumikki levou um tempo para se acostumar à ideia de que vinham da sua cabeça.

Mechas pretas e molhadas de cabelo enrolando-se no chão. Como sinais de interrogação sem o ponto de baixo. A situação toda era um sinal de interrogação. Lumikki ansiava por aquele ponto final ausente, algo para terminar por completo tudo o que vinha acontecendo. Essa era a razão de ela estar ali.

— Você não está se arrependendo disto, está? — Elisa perguntara no meio da transformação.

Lumikki esboçou um sorriso.

— Cabelos são apenas células mortas.

Elisa estremeceu.

— Eu nunca poderia pensar assim.

Por fim, Elisa lhe dera uma franja, alisara seu cabelo e verificara com atenção para garantir que não havia mechas saindo do lugar.

Elisa entregara a Lumikki um vestido longo e vermelho de noite cuja cor brilhava do rosa ao laranja e do púrpura ao bordô conforme o movimento do tecido e as diversas maneiras de como a luz refletia nele. Lumikki o vestiu. O vestido de noite era simples, com alças finas que se ajustavam perfeitamente ao seu corpo.

Lumikki levantou os olhos.

Espelho, espelho meu...

A bela mulher que olhou de volta para ela era uma estranha com postura ereta, misteriosos olhos negros e uma expressão nos lábios que poderia ser o presságio de um sorriso ou de desprezo. Lumikki estava satisfeita. Aquela mulher não era ela. Aquela mulher era outra pessoa. Alguém que poderia entrar na festa do Urso Polar.

Elisa deu pulos, soltando gritinhos estranhos. Lumikki os interpretou como um *feedback* positivo.

— Ah, meu Deus, você está linda! Eu sou muito boa. Que diabos eu estou fazendo na escola quando poderia ser a maior maquiadora do mundo?

Ver Elisa feliz era uma sensação boa. A cor tinha voltado para as suas bochechas, e não havia aquele vazio confuso e desamparado à espreita por trás dos seus olhos.

— E, agora, um toque disto — Elisa disse e, depois, espirrou no pescoço de Lumikki um perfume que ela reconheceu no mesmo instante como o Joy característico dela.

Lumikki prendeu a respiração para evitar inalar qualquer quantidade da mistura de óleos essenciais e álcool flutuando no ar.

Agora ela tinha o cheiro de outra pessoa, não dela mesma. Que bom. Ninguém se lembraria dela da festa. Iriam se lembrar de uma mulher que parecia a Branca de Neve dos contos de fadas e cheirava a perfume caro, spray de cabelo e sabão de luxo.

— Meninos, venham ver!

Tuukka e Kasper chegaram do aposento ao lado fazendo barulho.

— Então, você conseguiu fazer com que ela... Uau! — Tuukka parou no meio da frase quando Lumikki se virou.

O queixo de Kasper literalmente caiu.

— Hum... Não era uma história diferente quando a menina suja e tímida vira uma mina gostosa? — Kasper enfim disse. — Cinderela?

— Eu pegava — Tuukka disse.

Ele claramente não tivera tempo de pensar antes de as palavras saírem aos tropeços dos seus lábios.

— Nos seus sonhos — Lumikki rebateu, controlando-se.

Eram 19h20. Três horas antes, Lumikki fora à casa de Elisa, onde Tuukka e Kasper já esperavam. O começo da reunião deles havia sido taciturno. Todos eles sabiam que haviam cruzado algum tipo de limite agora. Até aquele ponto, tudo fora leve, de alguma forma controlável; emocionante, mas não emocionante demais. Agora era diferente. Alguém havia atirado em Lumikki e ela iria a um lugar onde sua vida poderia estar realmente em perigo.

Lumikki contara a eles o plano.

Não era sensato. Não era racional. Era perigoso. Lumikki não se importava. Ela queria estar em perigo. Ela queria ir em direção ao que mais a assustava.

Quando Lumikki chegou ao ponto do plano em que tentaria entrar na festa secretamente pelos fundos, Kasper abriu a boca e disse:

— Você não vai conseguir.

— Como você sabe? — Elisa perguntou.

— Não dá para “entrar escondida pelos fundos” para chegar até o Urso Polar. Pelo que eu ouvi, vai ter uma segurança pesada lá. Grades e guardas e câmeras e essa merda toda.

Kasper juntou as duas mãos na nuca e se inclinou para trás na cadeira. Era claro que ele gostava do seu papel de fonte de todo o conhecimento.

— Certo. Então podemos esquecer o plano todo — Lumikki falou com sarcasmo.

Kasper deu um sorriso malicioso.

— A não ser que você possa entrar pela porta da frente com todos olhando.

— E como isso pode dar certo?

— Porque as mulheres podem. Pelo menos o tipo de mulher jovem que eles convidam para as festas para fazer companhia aos homens e estar bonita. Desde que você se vista de acordo com o tema, ninguém vai perguntar nada. E desta vez o tema é contos de fadas.

Tuukka deixou sair água com gás pelo nariz.

— Você está falando sério? Acha mesmo que podemos fazer nossa pequena lésbica ecoanarquista parecer uma pu... desculpe, digo... acompanhante de alta classe?

Elisa elogiou Lumikki da cabeça aos pés. Depois, anunciou que os meninos podiam ir se distrair por algumas horas vendo filmes ou jogando *video game*.

— Aposto que existem algumas coisas que eu posso fazer que vocês, seus babacas, não podem — ela disse, sorrindo. — E, se o papai chegar, façam ele ficar longe do meu quarto. Digam que estou dormindo ou fazendo ioga pelada ou algo assim.

Lumikki estava pronta. Eram 19h45. Ela usava o vestido vermelho e sapatos de salto alto brancos. Ela praticara andar neles por alguns minutos até aprender a equilibrar seu peso entre as pernas e a andar, o que era completamente diferente de andar em sapatos de salto baixo. Quando tudo havia sido feito e dito, não era tão difícil. Aquele era apenas outro papel para ela representar, ajustando seus movimentos para corresponder à imagem criada pela roupa.

Lumikki não sabe andar de um jeito normal. Ela sempre se arrasta. Ela é tão estranha.

Palavras de dez anos antes. Lumikki se lembrava com precisão do tom de voz no qual elas haviam sido pronunciadas. As expressões e os gestos que enfatizaram as palavras. A imitação exagerada.

Naquele momento, ela decidira aprender a andar de todos os jeitos possíveis. Normal e anormal, bonito e feio, rápido e lento, relaxado e afetado. Para que ninguém nunca mais pudesse dizer nada como aquilo. Isso não a salvara na época, mas a habilidade fora útil muitas vezes desde então.

Elisa ajudou Lumikki a vestir um casaco curto de imitação de pele e, depois, entregou a ela suas longas luvas pretas que chegavam até os cotovelos. Por fim, uma bolsinha de contas.

— Não perca isto. É absurdamente cara — Elisa disse.

Do andar de baixo, eles ouviram barulhos enquanto o pai de Elisa se preparava para a festa também. Tuukka e Kasper haviam descido, se preparando para sair. Lumikki abriu a bolsa com um estalo. Dentro, havia pó facial, batom vermelho em um tubo dourado e cem euros, e algo fofo e rosa. Agarrando a superfície fofa, Lumikki sentiu os dedos afundarem e, depois, chegarem a algo duro. Ela levantou o objeto da bolsa. Algemas cor-de-rosa.

Elisa negou com um menear de cabeça, corando.

— Não pergunte. Eu não quero nem me lembrar daquela festa.

Lumikki levantou uma sobrancelha apenas um pouquinho e, depois, colocou as algemas de volta na bolsa. O que Elisa fazia nas suas festas e com quem fazia, não era da sua conta.

— E, então, isto.

Elisa entregou para Lumikki uma parca longa, preta e com capuz que quase chegava aos seus tornozelos.

— Não sei no que eu estava pensando quando comprei isto. Parece que estou usando um saco de dormir quando coloco. Mas agora temos um uso para ela.

Lumikki vestiu a parca. Era um pouco justa nas mangas com o casaco de pele por baixo, mas, fora isso, era perfeita. Fechando os botões de pressão, ela cuidadosamente colocou o capuz sobre o cabelo e olhou-se uma última vez no espelho.

"O primo negro do abominável homem das neves", eu presumo.

Elisa e Lumikki ficaram de frente uma para a outra por alguns segundos. Nenhuma tinha o que dizer. Lumikki queria abraçar Elisa e dizer que tudo ficaria bem. Embora ela não tivesse nem um pouco de certeza disso. E nunca quisera abraçar ninguém voluntariamente, exceto talvez sua mãe e seu pai, quando ela era pequena.

Elisa estava com medo. Lumikki também.

Elisa estava pronta para cumprir seu papel. Lumikki também.

Perguntar a Elisa se ela tinha mesmo certeza de que queria escavar mais os assuntos do pai era inútil agora. O momento de questionamento e hesitação passara. Elisa podia ser uma adolescente mimada que pensava viver o sonho de uma debutante de colégio. Talvez ela costumasse pensar que poderia passar a vida comprando roupas de estilistas famosos e bolsas com o dinheiro do papai, organizando festas descontroladas que outra pessoa limparia depois, e entornando bebidas acompanhadas de alguns comprimidos, brincando com meninos e homens como quisesse. Enterrando sua fragilidade atrás de uma máscara de maquiagem. Fingindo ser mais boba do que era.

Porém, Lumikki via que Elisa sabia que aquela noite mudaria tudo. Estilhaçaria suas fantasias cor-de-rosa de uma vez por todas. As primeiras rachaduras haviam se formado na última noite de domingo, quando Elisa tirara as mãos daquele saco de plástico e se perguntara por que elas estavam tão grudentas. No entanto, o que seria revelado naquela noite nunca poderia ser lavado com água e sabão.

Um momento de determinação brilhou nos olhos de Elisa, fazendo Lumikki se perguntar se elas eram mesmo, afinal de contas, tão diferentes no final. Os mundos delas nunca se combinariam por completo, mas, em momentos breves como aquele, elas compartilhavam a mesma fatia de realidade, os mesmos sentimentos e pensamentos.

Elisa encheu os pulmões e, depois, exalou com calma.

— Agora, vou dar um abraço de despedida no meu pai — ela disse.

Lumikki assentiu com a cabeça. O relógio marcava 19h52.

19

Os dedos de Terho Väisänen escorregaram no cetim macio enquanto ele tentava arrumar a gravata borboleta. Suas mãos não paravam de suar, e ele tentava mantê-las secas com papel higiênico.

Já era muito tarde. Ele devia estar do lado de fora, esperando o carro ir buscá-lo. Sob nenhuma circunstância queria se atrasar. O carro não esperaria. A oportunidade passaria, escorregando entre seus dedos como a gravata de cetim.

Uma festa *black tie*. Quando fora a última vez em que ele usara *smoking*? Em algum momento anos atrás, em uma festa que o chefe da esposa organizou. Ele nunca esqueceria as cinco horas de fingimento ininterrupto, do brinde de boas-vindas ao momento em que o táxi os pegou no fim da noite. Ele não gostava desse tipo de noitada da alta sociedade. Embora, de muitas formas, atualmente ele fosse parte da "alta sociedade" também.

Por fim, a gravata borboleta cooperou. Inquieto, ele penteou o cabelo mais uma vez, embora o barbeiro o tivesse arrumado com perfeição. Terho percebeu que estava mais nervoso do que já estivera em tempos. Lembrou a si mesmo que ia à festa apenas por dois motivos.

Para falar diretamente com o Urso Polar e, com sorte, para ver Natalia.

Ela ainda não respondera a nenhum dos e-mails dele. Terho sabia que ela havia ido às festas do Urso Polar antes, mas nunca esteve disposta a contar nada sobre eles.

Supersecreto, meu amor.

O efeito do Urso Polar sobre as pessoas podia ser sinistro. Terho duvidava de que pudesse estar na condição de fazer barganha aos olhos do chefão. Afinal, ele era apenas um policial patético da divisão de narcóticos, uma peça sem importância. Ao longo dos últimos dez anos, ele podia ter tido sua pequena participação em ajudar os negócios do Urso Polar, mas eles provavelmente teriam corrido muito bem sem Terho. Ainda assim, ele tinha de tentar.

Nas primeiras horas da manhã anterior, tomara uma decisão. Não queria continuar. Queria sair do seu papel de agente duplo. Porém, para que isso funcionasse, ele precisava de algum tipo de compensação do Urso Polar para ajudar a remendar o buraco que isso deixaria na sua renda futura. Ele tinha de conseguir pagar suas dívidas de jogo e arrumar as coisas para ele e para Natalia. Depois, poderia se concentrar em viver uma vida comum e pacífica sem nada para acelerar seu coração. Sem crime, sem jogo, sem Natalia, sem dinheiro.

Ele percebera que simplesmente não conseguia mais lidar com o estresse e o medo. O segredo que, quando jovem, o mantivera em um barato de adrenalina agora apenas o deixava cansado. Ele poderia continuar por mais alguns anos, mas, depois, sua saúde cederia. Talvez viesse a ser seu coração ou talvez seus nervos; de qualquer forma, ele estava a caminho do desastre. Já se iludira por tempo demais.

Terho encarou o homem no espelho, que parecia mais velho do que ele. As bolsas penduradas sob os olhos, a pele solta pendurada sob o queixo, a barriga pendurada por cima do cinto. Tudo nele estava frouxo e transbordando. Anos de estresse e culpa o deterioraram, fazendo-o consumir o que quer que passasse em frente à sua boca, negligenciar até mesmo sua família. Ele precisava admitir isso. Se não para outra pessoa, pelo menos para si mesmo.

Aquilo tinha de acabar. Sair com Natalia também tinha de acabar. Dado o passado compartilhado por eles, eles nunca poderiam aparecer em público juntos. Ela precisava começar uma vida nova e honesta. Era por isso que ele estava prestes a tentar algo tão imprudente e sem chance de dar certo. Ele tinha a intenção de chantagear o Urso Polar.

Terho olhou para o relógio de pulso. Hora de ir. Ele caminhava até a entrada quando Elisa desceu a escada aos tropeços, agarrou seu braço e começou a arrastá-lo na direção do porão.

— O que foi agora? Eu já devia ter saído — Terho disse, irritado.

— Preciso mostrar uma coisa muito importante para você. Só vai levar um minuto.

— Agora, não. Não posso me atrasar. Tenho um evento muito, muito importante para ir.

— Como uma festa pode ser mais importante do que eu?

Elisa manteve um aperto firme no braço do pai e olhou para ele com olhos arregalados e acusadores. Naquele momento, em vez da filha de dezessete anos, o que Terho viu foi a pequena Elisa de sete anos de idade que ele nunca suportaria decepcionar.

— Certo. Um minuto.

Lumikki deslizou silenciosa para o andar de baixo, o que era surpreendentemente difícil com saltos altos e o restritivo casaco saco de dormir. Tuukka esperava por ela do lado de fora. Escondido perto do portão.

— Não estão aqui ainda — ele sussurrou.

— Espero que não estejam atrasados — Lumikki disse.

A temperatura estava apenas alguns degraus abaixo de congelante, uma vantagem naquele inverno.

Uma camada fina e branca de geada cobria cada superfície. Casas, árvores, pedras, carros. Roupas, cabelos. Bochechas, pensamentos.

— Elisa prometeu manter o pai ocupado até eu ligar — Tuukka falou.

Depois, eles ficaram em silêncio e esperaram. Lumikki perguntou-se por que Tuukka não fazia nenhuma piadinha suja sobre sua fantasia de homem da neve negro ou sobre as propostas que ela com certeza receberia ao longo da noite. Depois, reparou na tensão no maxilar dele. Tuukka estava nervoso. Talvez até com medo. Provavelmente pela primeira vez na vida, de verdade.

Era uma vez um menino que aprendeu a ter medo.

Já Lumikki sentia uma calma surpreendente. Naquele momento, ela estava apenas seguindo um programa definido. Tudo o que ela precisava fazer era se concentrar no seu próximo passo.

Às 19h58, um Audi preto virou a rua e parou em frente à casa. Tuukka olhou para Lumikki, uma sobrancelha erguida. Ela meneou a cabeça num sinal positivo. Tuukka começou a andar. Ele passou casualmente pelo carro preto e, depois, quando estava fora do campo de visão do motorista, escondeu-se atrás de outro veículo estacionado mais para baixo na rua e começou a voltar até o Audi rastejando. Quando chegou atrás do carro, parou e esperou.

Aí entrou Kasper.

Partindo da esquina, o menino andou na direção do carro preto e, depois, virou-se para andar em frente a ele. O motorista não reagiu de nenhuma forma. Tirando uma chave do bolso, Kasper a mostrou para o motorista com um floreio exagerado, apertou-a com satisfação contra o capô e continuou andando. O grito de metal contra metal perfurou a noite, que antes estava silenciosa. No começo, o motorista encarou Kasper como se não entendesse o que estava acontecendo.

Kasper ergueu o dedo do meio, com alegria.

Então, o motorista acordou. Berrando algo incompreensível, ele saltou do carro. Com o motorista distraído, Tuukka agiu com a velocidade de um raio e abriu o porta-malas, fazendo um barulho. Kasper já fugia, ria feito louco conforme o motorista corria atrás dele, virando-se por apenas um momento para trancar o carro com o controle remoto e, depois, continuando a seguir Kasper, que corria apenas lentamente o bastante para continuar tentadoramente perto.

Lumikki foi imediatamente para o carro. Tuukka a ajudou a entrar no porta-malas. Por sorte, não era dos menores, mas Lumikki ainda teve de ajeitar os braços e as pernas com cuidado para caber. Por fim, ela colocou um pedaço de tecido sedoso sobre o mecanismo de trava e fez um sinal de positivo para Tuukka, sinalizando que tudo estava pronto.

Tuukka respondeu com o mesmo gesto e, depois, fechou o porta-malas com o máximo de silêncio possível.

Quando a escuridão engoliu Lumikki, ela teve de lutar contra um momento de pânico. Ela estava em um espaço desconfortável e apertado que cheirava a gasolina. Esperava que a viagem não demorasse muito.

Lumikki ouviu o motorista voltar xingando para si mesmo. *Bipe bipe* e as travas se abriram. O motorista entrou e bateu a porta.

Lumikki se contorceu para ver se conseguia tirar o celular da bolsinha. Quase não conseguiu. Ela olhou o relógio do telefone, que marcava 20h05. O breve brilho azul da tela dissipando a escuridão por um momento fez bem a ela.

Depois, ela ouviu passos se aproximando, vindos da direção da casa de Elisa. Uma porta de carro foi aberta.

— Por que demorou tanto? — o motorista perguntou, irritado, em inglês.

— Desculpe. Assunto de família — Lumikki ouviu Terho Väisänen responder.

— O Urso Polar odeia quando as pessoas se atrasam.

— Não vamos perder mais tempo, então.

Amém. Lumikki concordava por completo com o pai de Elisa. Ela não tinha vontade de passar mais tempo naquele lugar e posição do que o absolutamente necessário.

O Audi rugiu, ganhando vida.

— Tem criminosos nesta rua.

Lumikki quase não conseguiu ouvir as palavras do motorista. Elas a fizeram sorrir. Mas, quando o carro acelerou e correntes frias de ar começaram a assobiar pelas aberturas do porta-malas, ela ficou séria.

Não havia como voltar atrás.

20

A escuridão era impenetrável. Não havia como atravessá-la. Ela não recuava.

Ela nunca sairia. Ela nunca conseguiria ar. Ela morreria.

O pedregulho prensou um desenho de pequenas depressões nas costas dela. Ela apertou o pedregulho nas mãos, sentindo as pontas afiadas das pequeninas pedras, deixando-as escorrer entre seus dedos.

— Deixe-me sair — ela gritou.

Ela já gritara aquilo dez vezes, cem vezes, mil vezes. Havia esmurrado e chutado a tampa com os punhos. Virou-se e tentou abri-la com as costas. Nada.

Estavam sentadas nela. Provavelmente balançando os pés e revezando para chupar o pirulito, saboreando seu gosto de morango. Elas não tinham pressa. Tinham todo o poder.

As lágrimas já haviam secado nos olhos de Lumikki. Ela começava a entrar em pânico. Sentia que, se não saísse naquele instante, iria sufocar.

Ela começou a soltar berros agudos. O mais alto que podia. Pensou no chamado das gaivotas e na forma como abriam tanto o bico. Ela era uma gaivota. Ela gritava.

Quanto mais alto o som, mais viva. Ela se tornou o som. Ela era uma só com o som. A mesma nota vermelha, dolorosa, aguda.

Em algum momento, ela percebeu que já não estava mais escuro. A tampa da caixa de pedregulhos foi aberta. Ela se sentou e limpou as lágrimas. Grãos presos nas suas bochechas, pedregulho bem moído.

Não havia sinal delas.

Estavam esperando a próxima oportunidade. Sabiam tão bem quanto Lumikki que ela viria.

Lumikki lentamente contou até dez.

Não podia entrar em pânico naquele momento. Não era a mesma menina daquela época. Ela mudara. Podia ficar em qualquer espaço pequeno durante qualquer período.

Tudo ocorrera como deveria até então. Quase tudo.

Sim, ela tinha machucados de ficar batendo contra as laterais do porta-malas em algumas curvas fechadas. Sim, seu nariz ardia como se tivesse sido preenchido com o fedor de gasolina pelo resto dos tempos. Sim, ela tremia de frio e estava adormecida da cabeça aos pés. Mas eram detalhes.

O Audi andara por trinta e cinco minutos, depois diminuíra a velocidade e, por fim, parara. Terho Väisänen foi o primeiro a sair do carro. O motorista o seguiu um momento depois, trancando o veículo e indo embora.

Lumikki escutara e, depois, quando tudo estava quieto, ela agarrou a tira de seda com os dedos duros e a puxou de maneira regular, empurrando o porta-malas ao mesmo tempo que forçava com as pernas. O tecido que ela prendera no mecanismo de trava devia tirar o trinco do lugar para ela poder sair.

O som da seda rasgando fora a pior coisa que Lumikki ouvira havia muito tempo.

Sem pânico. Mantenha a calma.

Lumikki procurou com os dedos onde o tecido se rasgara. Ela não conseguiu encontrar. Seus dedos quase haviam perdido o tato, e as luvas longas que ela usava tornavam ainda mais difícil a sensibilidade. Lumikki pegou a luva esquerda com os dentes, arrancando-a. Depois, enfiou os dedos na boca para esquentá-los até o sangue começar a fluir de novo.

Outra tentativa.

Seus dedos se atrapalharam na área em volta do trinco e sentiram o tecido. Lumikki sabia que as pontas geladas dos seus dedos congelariam de novo em segundos.

Isso. Ah, isso. Um pedaço suficiente de seda havia ficado e ela ainda podia segurá-lo. Agarrando o tecido, ela empurrou para cima com força com as pernas e puxou o tecido devagar, devagar, devagar e com regularidade em direção a si mesma.

A trava não abriu.

Lumikki cerrou os dentes, empurrando e puxando. Esforçando-se o máximo que pôde.

Clique.

A trava cedeu. O porta-malas se abriu. Segurando-o apenas um pouquinho aberto, Lumikki estabilizou sua respiração. Ela escutou. Naquele momento, outro carro estacionou ao lado do dela e parou. As pessoas que estavam nele saíram.

— Você podia pensar em aspirar seu carro de vez em quando — uma voz feminina disse. — Olhe os meus sapatos. Eles deviam ser cor-de-rosa.

— Foi você quem quis ser a Bela Adormecida. Acho que a madrasta má teria funcionado bem também. Então você poderia ter usado sapatos pretos — um homem respondeu.

As vozes de briga do casal se afastaram. O silêncio voltou.

Lumikki levantou a cobertura do porta-malas mais um pouco e espiou para fora. Ela estava em algum tipo de estacionamento pequeno. Por sorte, o Audi preto estava bem no canto, na sombra, logo atrás de algumas árvores. Não havia ninguém por perto naquele momento.

Sem tempo a perder, Lumikki tirou o seu casaco saco de dormir, colocou a luva preta de volta, saiu do porta-malas e, em silêncio, fechou-o de novo. Ela tinha de deixar a parca. O motorista ficaria intrigado com ela no dia seguinte ou quando quer que abrisse o porta-malas de novo. Lumikki verificou o cabelo com as mãos. Parecia que estava bom por milagre. Elisa não havia exagerado quando dissera que o spray de cabelo que usou podia fazer mágica.

Pó compacto para fora da bolsa, espelho levantado. Verificação rápida da maquiagem. Tirar um pouco de batom borrado de um canto. E, então, ela estava pronta.

Lumikki virou-se para olhar o local da festa.

Boris Sokolov inspecionou sua criação e concordou com a cabeça para si mesmo. A Rainha da Neve tinha a exata aparência que devia ter. Se ver aquilo não fizesse Terho Väisänen parar de dar problemas, Boris estava disposto a comer um galão de cubos de gelo. De uma só tacada.

Boris sentia uma tristeza indescritível e simultaneamente uma satisfação. O motivo de satisfação era claro. Ele estava aliviado. Consertara as coisas com o Urso Polar e não guardava ressentimento com o assassinato de Viivo Tamm.

Parecia que alguns dos homens do Urso Polar haviam visto Viivo correr descontrolado com uma arma em plena luz do dia no cemitério. Esse simplesmente não era o jeito como as coisas eram feitas.

Isso mostrava que o homem perdera a capacidade, que ele começara a perder a mão. Não havia nada a ser feito com um homem que perdia a mão; nisso, o Urso Polar e Boris concordavam.

Assim, Viivo teve de ser eliminado. Não era pessoal.

Boris olhou para Natalia, cujos olhos castanhos estavam abertos. Seu rosto exibia uma expressão confusa e surpresa.

Pobre pequena Natalia, você achou mesmo que o Boris Mau não descobriria seu plano de fuga? E, então, o dinheiro. Teria sido roubo. E roubar, como todos nós sabemos, é errado. Se você tivesse feito apenas o que era certo, tudo seria diferente agora.

Natalia, Natalia.

Rainha da Neve, geada em seus lábios.

A festa podia começar.

Os relatos de Kasper tinham sido precisos. Um alto muro de pedra cercava o prédio, que era uma casa grande de três andares do começo dos anos 1900 que parecia estar localizada no meio da mata. Apenas uma via estreita conduzia através da floresta até a casa.

Lumikki perguntou-se se a casa ao menos estava em algum mapa. Havia lugares que certas pessoas queriam manter em segredo, e sempre havia maneiras de fazer isso acontecer.

Lumikki começou a caminhar na direção do portão, onde seguranças pareciam parar as pessoas e perguntar algo a elas. Lumikki tentou se parecer o máximo possível com o papel que desempenhava. Uma acompanhante paga de alta classe.

Quando chegou a vez de Lumikki, ela passou pelos seguranças, confiante, mas lenta, para manter sua personagem.

— *Hetkinen*. Pare — um dos homens do tamanho de uma geladeira disse, repetindo em finlandês e em inglês.

O coração de Lumikki pulou. Seria ali que tudo acabaria?

— *Kännykkä*. Celular — o guarda exigiu, estendendo a mão.

Lumikki apertou os lábios e, depois, tirou o celular do bolso, enfiando-o na mão estendida e enorme do homem, fazendo bico. Seria de imaginar que ela era um objeto muito mais importante do que o telefone velho e descartado de Elisa. O segurança colocou o telefone na sua sacola, que, a julgar pelo barulho, já tinha mais do que alguns. Em seguida, sem pedir permissão, agarrou a bolsa de Lumikki, inspecionando o conteúdo, e, então, a devolveu com um resmungo.

Um movimento quase imperceptível da cabeça dele sinalizou para Lumikki que ela podia passar. Ela mandou suas pernas não tremerem de frio e alívio. Manteve a cabeça erguida. Andar pelo caminho congelado de salto alto era puro masoquismo, apesar dos pedregulhos que haviam sido cuidadosamente espalhados.

Um passo por vez. Com calma.

Ao redor dela, estava escuro. Lumikki andou por uma alameda de luzes. O caminho de entrada estava cercado por luminárias cujas luzes bruxuleavam inquietas. No final do caminho havia uma porta e, parado à porta, o epítome de um mordomo de antigamente. Cabelo alisado para trás e luvas brancas curtas. Uma linguagem de gestos que, ao mesmo tempo, transmitia superioridade e educação subserviente. O homem abriu a porta para Lumikki, curvando-se um pouco. Lumikki entrou.

Ela conseguira.

Ela realmente entrara na festa do Urso Polar. Agora, só tinha de descobrir com o que o pai de Elisa estava envolvido.

21

Outro mundo, outra realidade.

Cores, luzes, sons. Azul que, em um instante, mudava para verde e amarelo. Laranja que se tornava um dourado ondulante. Violeta que crescia e virava guirlandas sinuosas de bordô, lilás e fúcsia. Música, o canto de sereias, o suspiro das florestas, o tilintar dos cristais, os ecos esquecidos de cavernas profundas, as orquestras de câmara de palácios e castelos, o retinir de sininhos, todos passando por você, agarrando-o por trás, desaparecendo e voltando de novo depois.

País das Maravilhas.

Trilhas sonoras e luzes e acessórios transformavam habilmente cada um dos grandes salões em sua própria realidade. De uma floresta escura recheada de segredos, Lumikki entrou em um salão de baile prateado com paredes rodeadas por guirlandas de rosas verdadeiras. Ela entrou em um reino submarino. Ela espiou dentro de uma cabana de madeira onde havia uma cadeira pequena, uma cadeira média e uma cadeira grande.

As ilusões a arrebataram tão completamente que vários segundos se passaram antes de ela começar a discernir apropriadamente os detalhes dos salões. Empregados carregando bandejas por toda parte. É claro que cada salão oferecia bebidas fantásticas adequadas ao tema. Algumas pareciam ter fumaça e outras mudavam de cor do púrpura no fundo ao azul-claro na superfície. Alguns dos empregados estavam vestidos como personagens de contos de fadas; outros, como estátuas vivas pintadas de dourado.

Os convidados vagavam de salão em salão levando suas bebidas. Em meio ao rumor de vozes, Lumikki conseguia distinguir finlandês, inglês, sueco, russo e talvez mais. Talvez tivesse escutado espanhol também, mas não tinha certeza. A maioria das mulheres era bem parecida com ela. Jovens e arrumadas e parecendo não conhecer nenhum dos presentes. Kasper estivera certo. Muitas dessas moças eram pagas. Os verdadeiros convidados eram, na maior parte, homens de meia-idade, alguns mais velhos, alguns mais novos. Também havia uns poucos casais. Lumikki reconheceu a Bela Adormecida de pele um pouco enrugada e seu príncipe. Os dois pareciam precisar de um sono de beleza. Se não cem anos completos, pelo menos algumas horas.

Os rostos de alguns convidados pareciam vagamente familiares para Lumikki. Eram políticos? Empresários? Difícil dizer.

Lumikki tentou visualizar rapidamente como os espaços se ligavam. Os primeiros dois andares haviam sido reservados para a festa. O terceiro andar tinha quartos para que as pessoas pudessem "descansar" e o porão era para a equipe de funcionários. Ou, pelo menos, era para lá que os empregados levavam suas bandejas vazias e, depois, voltavam com bandejas cheias.

— Acho que eu não poderia lhe oferecer um desses, poderia?

Lumikki virou-se para ver um homem segurando dois copos. Ele havia direcionado suas palavras para ela. Era um pouco grisalho, mas a maioria das pessoas o teria achado bonito. Suas sobrancelhas eram escuras; seus olhos, castanhos e seu terno bem cortado. De esguelha, ela registrou pela etiqueta deixada de propósito no punho que era da Hugo Boss. Então ele queria pagar muito por um terno, mas era antiquado quando se tratava de marcas. Combinava com a imagem. Em termos de idade, poderia praticamente ter sido avô de Lumikki.

O homem se curvou para Lumikki. Ela conteve o desejo de se afastar do odor de charuto e loção pós-barba. Era da Hugo Boss também. Pelo visto, o homem queria salientar três vezes a ideia de que ele próprio era um chefe.

— Infelizmente, tem maçã nele — o homem disse em voz baixa, como se fosse um grande segredo. — Imagino que seja venenoso para vocês, Brancas de Neve.

Um sorriso de satisfação pairou no rosto bronzeado do homem. Era óbvio que ele se achava muito esperto.

Lumikki procurou em seu repertório de expressões faciais e escolheu um sorriso um pouco idiota, lisonjeado e coquete.

— É. Nós somos meio alérgicas a elas. Mas, se você encontrar outra coisa saborosa e forte e um pouco doce para mim, podemos conversar um pouco mais.

— Algo forte e quente para uma noite fria como hoje — o homem disse, colocando a mão no braço nu de Lumikki em um gesto de carícia.

A mão estava fria e úmida. Lumikki conteve seu estremecimento de nojo, restringindo-o aos seus pensamentos.

— Você leu minha mente.

— Seu desejo é uma ordem — o homem disse. — Não saia daqui.

— Vou tentar não me perder na floresta. Ou vou acabar sendo escrava doméstica de sete anões.

O sorriso do homem aumentou.

— E, se alguém tentar colocar em você um espartilho apertado demais, prometo tirar — ele disse, dando uma piscadinha.

Bem, então a pantera cinza conhecia bem os contos dos irmãos Grimm. Porém, a familiaridade com contos de fadas não daria a ele pontos com Lumikki. Ou o levaria a se dar bem de qualquer outra forma. Lumikki observou as costas do homem se afastarem. Depois, foi para o andar de cima.

Terho Väisänen olhou ao redor. Não havia nenhum sinal de Natalia. Sua gravata borboleta estava desconfortavelmente apertada no pescoço. Ele a afrouxou.

Alguns convidados fizeram as sobrancelhas dele se erguerem. É ele mesmo? *E ele?* Esse material poderia ter enchido páginas tanto de tabloides nacionais quanto de algumas revistas de fofoca também. Ele observou enquanto um político muito conhecido mordiscava a orelha de uma Sininho que parecia desconfortável.

Terho sabia que ninguém deixaria escapar uma palavra sobre a festa para mais ninguém. Os homens do Urso Polar destroçavam delatores. E não apenas delatores, mas as famílias dos delatores, parentes, amantes e amigos. Todos sabiam e ninguém queria acabar como exemplo para que outros tivessem cuidado.

Ele viu uma jovem vestida de Branca de Neve. Havia algo vagamente familiar nela. Elisa não tinha um vestido muito parecido com aquele? Bem, devia ter sido um modelo popular e não bem a peça exclusiva que a vendedora os fizera acreditar. Mais uma evidência de que nunca se tem tudo o que se quer, nem mesmo com pilhas de dinheiro.

Ainda assim, era possível conseguir muitas coisas com dinheiro. Poderia arrumar sua vida. E por essa razão ele estava ali.

Embora os salões do primeiro andar fossem mundos lindos e encantados de contos de fadas, os salões do segundo estavam cheios de pesadelos selvagens das mesmas histórias. Árvores cujos galhos agarravam os passantes como mãos. Ninfas dos pântanos que usavam suas canções para atrair homens para poças sem fundo. Sonos que nem mesmo o beijo de um príncipe poderia quebrar.

Um salão era preto e tinha uma ilusão ameaçadora de corvos voando e crocitando. Lumikki se encolheu e quase se abaixou para evitar que as garras imaginárias agarrassem seus cabelos.

Dentro do salão, havia dois empregados vestidos de preto, carregando bandejas de prata. Nas bandejas, havia pequenos copos de bebida cheios de líquido preto. Os empregados conversavam em voz baixa. Lumikki queria ouvir o que eles falavam e, assim, ela se aproximou, tentando parecer que queria pegar uma das bebidas.

— Onde está o Urso Polar? — um dos empregados perguntou.

— Você não ouviu que ele nunca vem antes da meia-noite?

— Ele? Eu pensei...

O empregado lançou ao outro um alerta e estendeu a bandeja de prata só um pouco na direção de Lumikki, que pegou um copo de bebida, sorriu e se virou.

— O Urso Polar tem uma regra severa, todo mundo sempre tem de dizer "ele" — o empregado sussurrou.

Lumikki inclinou o copo para o líquido apenas tocar nos seus lábios e pensou no que ouvira. Ela olhou para o grande relógio ornamentado na parede. Nove e quinze. Faltavam quase três horas.

O outro aspecto da conversa era um mistério. Por que eles não se referiam ao Urso Polar como "ele"? Estranho. Ela presumiu que isso seria esclarecido à meia-noite também.

Se a festa era um indicativo, o Urso Polar parecia cada vez mais estranho. Ele — ou ele era um ele afinal? — usou grandes somas de dinheiro para criar cenários incríveis para uma única noite, mas era possível apostar que a maioria dos convidados era incapaz de apreciar os salões de decoração esbanjadora. Tudo o que importava para eles era que o álcool não acabasse e as garotas fossem bonitas e abertas para o flerte. E talvez mais.

Porcos de *black tie*.

Como se um terno de mil euros e um relógio de pulso de vinte mil euros lhes dessem classe. Ou o direito de agir como queriam. Se você tinha dinheiro, não havia regras. Se não havia regras, você era um rei.

De repente, Lumikki se sentiu enjoada. Ela queria ir para casa. Ela queria chutar aqueles saltos altos e colocar os chinelos cinza que a mãe tricotara para ela. Ela queria até mesmo preparar para si uma xícara de chá, embora costumasse achar que aquilo era água quente e inútil. Naquele momento, pareceria calmo e caseiro e a faria lembrar de papel de parede com rosas e das mãos gentis da avó fazendo tranças em seu cabelo.

Lumikki lambeu os lábios com cuidado. Vodca de alcaçuz, bem como ela suspeitava. O gosto marcante e salgado diminuiu a náusea dela.

Lembre-se de que, na verdade, não é você quem está aqui. É um personagem, não você. É outra pessoa quem caminha por estes aposentos com sapatos de salto alto brancos e com um vestido de noite vermelho. Nada disso pode tocá-la.

Lumikki endireitou as costas. Ela não estava ali para se divertir. Ela tinha um trabalho a fazer.

22

Natalia não estava com frio. Ela estava morta havia 128 horas. Cento e vinte e oito horas era um período ridiculamente curto quando uma pessoa estava viva. Morta, era ainda menor. Natalia vivera por vinte anos, três meses e dois dias. Ficaria morta pela eternidade. Perto da eternidade, 128 horas não era tempo nenhum.

Se Natalia ainda estivesse viva, teria desejado voltar ao momento quando Boris Sokolov entrou em contato com ela pela primeira vez? Natalia o encontrara algumas vezes com seu namorado da época, um traficante chamado Dimitri, e sabia que Sokolov era um peixe grande do negócio. Não um chefe de alto nível, mas um chefe de qualquer maneira. Ele tinha influência. Sokolov convidou Natalia para entrar em sua equipe. Eles precisavam de uma mulher jovem de aparência apresentável com o cérebro desanuviado de bebidas e drogas.

Ela teria desejado fazer uma escolha diferente? Se não tivesse dito sim a Sokolov, nunca teria ido para a Finlândia, nunca teria conhecido Terho Väisänen, nunca teria tentado fugir com o dinheiro e nunca teria levado aquela bala no estômago. Não estaria morta agora a dezessete graus abaixo de zero, olhos vazios encarando a escuridão, lábios azuis levemente separados como se estivessem prontos para sussurrar na sua orelha.

Se Natalia tivesse sabido o que aconteceria, é claro que teria recusado. Mas, na época, tudo o que ela soubera era que não queria criar a filha em um apartamento que fedia a mofo e cujas paredes finas como papelão deixavam passar as brigas dos vizinhos de romper os tímpanos e as sessões de reconciliação igualmente barulhentas. Assim, havia concordado. Naquela semana mesmo, Sokolov conseguiu uma situação de moradia melhor para Natalia, sua mãe e a pequena Olga.

Um ano se passou. Natalia traficava drogas para os jovens, ricos e importantes de Moscou, sentindo-se como se fosse um deles. Jovem, rica e bonita.

A vida poderia ter sido boa. Valer a pena. Mas, nos seus dezenove anos, Natalia já aprendera que, quando tudo estava indo bem, sempre viria algo para estragar. Daquela vez, havia sido uma ordem para partir para a Finlândia com Sokolov e cuidar dos negócios lá. Ela imaginara que iria acabar em Helsinki, de onde voar para casa seria relativamente fácil. Em vez disso, mandaram-na para Tampere, que parecera lamentavelmente pequena no instante em que ela chegou. Antes, Sokolov passava metade do seu tempo em Moscou e metade em Tampere, mas agora se mudaria para a Finlândia em tempo integral.

Ordens do Urso Polar, Sokolov dissera. Era a primeira menção ao Urso Polar que Natalia ouvira. Mais tarde, ela foi convidada para as festas do Urso Polar e percebeu quão ridiculamente pequeno seu papel era na verdade no grande esquema das coisas. Ela era uma engrenagem trivial, substituível sem necessidade de aviso prévio.

Natalia sentia-se como uma marciana em Tampere. Ela andava errado e se vestia errado. Seu regalo de pelo de coelho e suas botas de salto alto eram um exagero. As pessoas a encaravam na rua. Os homens tentavam oferecer dinheiro a ela, não por drogas, mas por sexo. Às vezes, Natalia pensava com amargura que a única maneira de não se destacar dos moradores locais era usar um agasalho para neve no inverno e um agasalho de corrida no outono e na primavera, e passar todo o verão sentada na praça de Tammela comendo morcela com um boné de beisebol na cabeça e Crocs soltos nos pés.

Ela não conhecia ninguém na cidade, além de Sokolov e seus comparsas estonianos. No começo, ligava para casa toda noite, ouvia a voz da pequena Olga e, depois, chorava até dormir.

Às vezes, ela observava os estudantes colegiais finlandeses, que pareciam completos bebês aos seus olhos, ainda que ela mal fosse um ano mais velha que eles. Ela se perguntava como seria viver como eles. Ir a uma cafeteria depois da aula para debater se algo que um menino bonitinho tinha dito significava que ele gostava de você, ou o que um professor poderia perguntar na prova de História. Deliberar entre as opções de faculdade e pensar em tirar um ano antes de entrar lá. Sonhar sobre morar sozinha, comprar seus próprios pratos e fazer sua cama com aqueles lençóis chiques da Finlayson que seus avós lhe deram de presente de formatura. Ter uma crise existencial por não saber o que você quer ser quando crescer.

E, então, Natalia conhecera Terho, que era completamente diferente de Sokolov e dos estonianos, embora Sokolov dissesse que ele era "um de nós". Um detetive da divisão de narcóticos que se envolvera nos negócios, um infiltrado.

Terho e as mãos ásperas de Terho. A afeição que Natalia sentiu por ele desde o primeiríssimo encontro. Ele era tão tímido, tão doce e inseguro sobre como falar com ela e como ele podia tocá-la. Completamente diferente dos namorados anteriores e de todos os outros homens que imediatamente a forçavam a tomar qualquer forma que eles quisessem, virando-a e posando-a como um manequim.

Havia sido amor? Pelo menos parecera amor. Natalia se sentira segura com ele. Terho falava sobre sua casa, sua família, sua vida normal. Natalia soubera que ela queria uma vida como aquela também. Não aquele segredo, aquele medo, as membranas nasais sensíveis e as marcas de agulha na sua virilha. Ele prometera consertar as coisas para Natalia, ajudá-la. Durante muito tempo, Natalia acreditara nele, mas nada nunca aconteceu. Ele fizera promessas vazias, exatamente como todos os outros homens da vida de Natalia.

Promessas que viravam mentiras no instante em que saíam da boca.

Natalia já devia ter aprendido. Não confiar em ninguém além dela mesma. Tomar suas próprias decisões e aceitar as consequências.

Foi por isso que ela decidiu pegar os trinta mil euros destinados a Terho da casa de Sokolov e desaparecer. Ela fez um plano. Roubou a chave extra de Sokolov sem ele reparar. Conseguiu um esconderijo no interior. Tudo deveria ter sido fácil. No domingo, Sokolov e os estonianos deviam ter passado o dia todo fora, mas voltaram cedo para casa. Por isso Natalia Smirnova estava morta agora, no escuro, nua.

Ela aceitava as consequências de suas decisões, consequências que eram mais pesadas do que ela já poderia ter imaginado.

A vida de Natalia fora uma série de decisões erradas aparentemente inevitáveis. Decisões erradas haviam sido oferecidas para ela como certas, apresentadas em uma bandeja de ouro cheirando a rosas. Mas ela nunca olhara debaixo da bandeja ou além da pessoa que a segurava para ver o cenário de neve branca salpicada com uma chuva de gotas vermelhas.

Era por isso que Natalia Smirnova estava sozinha no frio sem sentir o frio.

Assim como estivera pelas últimas 128 horas.

Porém, mesmo na morte, ela não podia ficar em paz. Boris Sokolov ainda tinha mais um trabalho para ela.

23

Lumikki desceu depressa para o porão. Ela olhou para trás para ver se o homem a seguira. Não, graças a Deus. Conseguira se livrar dele.

Ela estivera provando as dezenas de diferentes iguarias do bufê quando o homem que a abordara antes a surpreendeu por trás e exigiu uma explicação para o seu sumiço.

— O comportamento das mulheres às vezes é inescrutável — ela respondeu, de um jeito coquete.

O homem sugeriu que eles passassem para o andar de cima para investigar os ardis femininos dela mais intimamente. Lumikki implorou que a deixasse comer primeiro. Como resposta, o homem colocou as mãos nos quadris dela e disse que seria uma pena estragar uma cintura tão adorável e esbelta com tanta gulodice. Lumikki respondeu que não havia comido o dia inteiro e que ele provavelmente preferia que ela não desmaiasse. O homem riu.

— Você provavelmente é uma gata selvagem depois que pega o ritmo.

"É, vou arranhar e arrancar seus olhos", Lumikki pensou, mas se resignou a responder com um miado de gatinho. Depois, ela o enganou entregando-lhe seu prato para segurar e dizendo que iria retocar a maquiagem. Ele ficou parado ali parecendo satisfeito, obviamente imaginando que agora estava de posse de uma garantia que Lumikki não poderia ficar sem. *Imbecil.*

No porão, Lumikki olhou ao redor. Bem à frente, a julgar pelos sons, cozinheiros trabalhavam a toda para preparar mais pratos incríveis. Ela ouviu o chiado das frigideiras, facas picavam contra tábuas de corte e pedidos eram gritados mais alto que barulheira. Uma sequência regular de empregados marchou saindo pelas portas vaivém carregando bandejas, tigelas e grandes travessas. Lumikki observou com discrição o fluxo de comida de um canto escuro do lugar, enfiada fora de vista em segurança.

Ela teve alguns vislumbres do pai de Elisa, mas ele continuava a desaparecer sempre que tentava segui-lo.

Naquele momento, como se fosse planejado, ela de repente ouviu a voz de Terho Väisänen vinda de um corredor perto dali. Ele conversava em inglês com alguém. A voz da outra pessoa soava familiar também, mas Lumikki não conseguia identificá-la.

As vozes vinham na sua direção. E, então, Lumikki percebeu. Ela ouvira a voz do outro homem quando era seguida no bosque. O russo.

Lumikki pensou por um segundo. Ela devia simplesmente ficar no mesmo lugar e fingir que estava perdida ou que era curiosa e por isso estava no porão? Nenhum dos dois homens a reconheceria. No entanto, aquilo chamaria a atenção. Ela estava no lugar errado, e visível demais, o que não era bom, a julgar pelo que ela planejava. Ela realmente não queria que nenhuma dessas pessoas a reconhecesse depois na rua.

Lumikki testou a porta mais próxima. Ela abriu. Com cuidado, espiou lá dentro, mas não havia ninguém no lugar. Tudo o que ela conseguiu ver foram vários refrigeradores grandes e engradados plásticos de bebidas alcoólicas empilhados. Algum tipo de armazenamento extra, era provável. Deslizando para dentro, ela esperou Väisänen e o russo passarem pela porta.

Eles não passaram. Em vez disso, pararam.

— Tenho uma coisa para lhe mostrar — Lumikki ouviu o russo dizer em inglês.

Ela olhou ao redor. Não havia porta dos fundos. Nenhum lugar para se esconder. Nenhum lugar para ir e nenhuma maneira de sair.

Nenhum lugar além dos refrigeradores.

Erguendo a tampa do refrigerador mais próximo, ela olhou para dentro, sentiu-se ficar sem fôlego e fechou-a depressa.

O vômito subiu em sua garganta. Seus braços e suas pernas tremeram. Todavia, ela não podia perder tempo ali pensando no que acabara de ver. A festa estava repleta de objetos nojentos, mas o conteúdo daquele refrigerador definitivamente era real. Lumikki olhou dentro do refrigerador seguinte e suspirou de alívio. Nada além de alguns sacos de ervilhas congeladas no fundo. Depressa, ela desligou o refrigerador. Não ajudaria muito, mas pelo menos ela não perderia todo o calor do corpo imediatamente enquanto o aparelho se esforçava para resfriar uma adolescente de cinquenta e cinco quilos, levando-a de trinta e sete graus para zero.

Lumikki viu a porta se mexer.

Entrando no refrigerador, ela se agachou na posição mais confortável que conseguiu e, depois, delicadamente fechou a tampa exatamente quando os homens entravam na sala.

O frio começou a morder sua pele nua no mesmo instante. Mesmo dentro da casa, ela parecia não conseguir se livrar das temperaturas congelantes. Aquele inverno estava amaldiçoado.

Terho Väisänen estava impaciente. Ele não tinha energia para jogar os jogos de Boris Sokolov naquele momento. Tudo o que queria era tempo para aprimorar sua estratégia de convencer o Urso Polar de que ele merecia um pagamento de rescisão adequado. Todos os rumores diziam que ninguém podia chantagear ou ameaçar o Urso Polar. Ninguém nunca conseguira, embora muitos tivessem tentado.

Então ele teria de negociar.

— Onde está a Natalia? — Terho perguntou, ainda em inglês.

Boris Sokolov mostrou os dentes. A expressão provavelmente significava um sorriso.

— Era exatamente isso que eu queria mostrar a você — Sokolov respondeu. — Sua Rainha da Neve está bem aqui.

Väisänen observou, pasmo, enquanto Sokolov abria a tampa do refrigerador mais próximo.

Lumikki ouviu o som de ânsia de vômito que o pai de Elisa fez, e ela soube o que ele acabara de ver. A imagem provavelmente ficaria gravada nas retinas dela pelo resto dos tempos. Material para futuros pesadelos.

Uma mulher jovem em um refrigerador, nua e morta.

Olhos abertos, pó facial azul, sangue seco e escuro nos lábios. E um grande buraco na barriga.

— O que... O que você fez com ela? — Lumikki ouviu o pai de Elisa perguntar, em voz trêmula.

— Eu pensava que um policial já teria visto um cadáver antes.

— Mas... por quê?

— Está mesmo tentando me dizer que você não sabia? A Natalia tentou fugir com o dinheiro. Seu dinheiro. Nosso dinheiro. Nós a paramos. Você deve ter suposto quando pegou aquele saco cheio de dinheiro ensanguentado.

— De que dinheiro você continua falando?

— Sua compensação.

— Droga, eu estou dizendo, o dinheiro nunca chegou.

— Isso é problema seu, não nosso. Nós fizemos a entrega no dia 28 de fevereiro, conforme o combinado. Três vezes por ano, nos dias que você pediu. Mas, dessa vez, levamos para a sua casa em vez de esconder no bosque. Imaginamos que você apreciaria esse bom serviço.

— Isso é... nauseante.

— Essa é a realidade. Não podíamos nos dar ao luxo de deixar a Natalia fugir com o dinheiro. Perder trinta mil euros pode não ser um problema tão grande, mas a possibilidade de ela nos delatar era.

— Eu não... Eu...

O pai de Elisa procurava palavras.

— Não quero ter nada a ver com você e os seus homens mais. Nunca mais. Está claro? Não era para isso acontecer. Não era para ninguém morrer.

— Ah, mas pessoas precisavam morrer. Primeiro a Natalia e, depois, o Viivo.

— Viivo Tamm?

— Os homens do Urso Polar o apagaram. Não foi grande coisa. Às vezes, essas coisas apenas acontecem. Você tem de tentar ser profissional quanto a isso também. Sempre há perdas. Remessas desaparecem, dinheiro é roubado, pessoas morrem. Tudo faz parte do negócio.

— Tentar ser profissional? Profissional? Foda-se. Você matou uma mulher!

Lumikki ouviu a voz de Terho Väisänen falhar. Ele estava à beira da histeria.

Lumikki podia sentir seus dedos das mãos adormecerem. Os dos pés já tinham adormecido. Por sorte, ela tinha oxigênio suficiente no refrigerador. Até então.

— Eu me livrei de um funcionário que não era confiável. E me permita dar uma pequena dica a você, Väisänen: pense duas vezes antes de começar a responder para mim. Basta que eu dê a ordem e então você ficará aí, ao lado da sua vadia. Diabos, talvez eu o coloque aí pessoalmente.

Väisänen riu, mas havia um toque de desespero na risada.

— Mas você precisa de mim. Tem precisado de mim há dez anos já.

— Nosso arranjo tem funcionado bem. Você nos deu informações e nós revelamos coisas adequadas para você em troca. Nossos negócios com drogas floresceram e suas estatísticas na equipe de narcóticos nunca foram melhores. É um acordo em que todos ganham. É a mim que você deve agradecer pela sua promoção. Mas ouça, Väisänen. Eu não preciso de você. Você é como uma formiga para mim. E eu posso encontrar outro informante na hora em que eu quiser.

— É bom saber, porque eu estou fora.

— Eu decido quando você está fora.

— Não, Boris, não vai ser assim. O que vai acontecer é que eu vou sair e você não pode fazer nada a respeito.

Lumikki ouviu o silêncio entre os dois homens ficar mais desconfortável.

— Humm — Sokolov disse enfim. — Se você saísse mesmo, como eu poderia ter certeza de que não iria dar com a língua nos dentes?

— Você simplesmente teria de acreditar em mim.

— Não. Eu digo como vai ser. Eu poderia confiar em você porque, se um dia você quebrasse sua promessa, encontraria aquela sua filha gostosa em casa no seu refrigerador exatamente como a Natalia.

— Seu cretino.

Lumikki ouviu uma briga quando o pai de Elisa atacou Sokolov. Um momento depois, veio um gemido e, em seguida, silêncio.

— Eu não estava exagerando quando disse que eu mesmo o apagaria se precisasse. — Sokolov parecia sem fôlego.

— Certo. Certo. Entendi. Só guarde essa coisa. Desculpe, perdi a cabeça.

— Lembre-se. Sua filha em um refrigerador. Considere essa imagem caso algum dia você sinta que poderá fazer alguma besteira. Vou fazer com que ela se torne realidade tão rápido que sua cabeça vai girar. E você sabe que eu sou um homem de palavra.

Então, Lumikki ouviu a porta abrir e os homens saírem.

Já não era sem tempo. O frio começara a fazê-la se sentir seriamente adormecida, e os lugares do seu corpo que tocavam nas paredes do refrigerador pareciam estar congelando. Lumikki levantou o braço para abrir o topo do refrigerador.

E a porta foi aberta de novo. Dois pares de passos. Uma intensa conversa em finlandês.

— Não entendo como podemos gastar tanta bebida tão rápido. Eles estão absorvendo feito esponjas.

— É melhor se acostumar. É só o começo. Espere até ver como fica depois da meia-noite.

"Empregados", Lumikki deduziu rapidamente.

— Do que mais precisamos agora?

— Espumante. Eles sempre bebem mais disso no começo. Logo começam a pedir vinho branco e tinto mais ou menos na mesma quantidade. Talvez um pouco mais do tinto quando está fazendo frio. Depois da meia-noite, são, na maior parte, coisas mais pesadas, uísque e tal. Uma quantidade surpreendente de rum também.

E vodca, é claro. Alguns ficam com a mesma coisa o tempo todo, mas a maioria deles quer variedade.

"Peguem o champanhe e caiam fora daqui logo", Lumikki berrou em sua cabeça. "Vão conversar em outro lugar."

— Ótimo. Alguém empilhou o vinho tinto em cima do champanhe de novo apesar de eu ter sido bem claro ao pedir para deixarem o espumante por cima, o tinto por baixo. Como eu disse, eles só começam a beber o vinho tinto mais tarde.

— Grande coisa. Vamos, esqueça isso. Apenas tiremos os vinhos do caminho.

— Para mim é grande coisa. Essa coisa toda vai explodir na nossa cara se as pessoas não conseguirem seguir instruções simples. Ouça, você não faz ideia do tipo de caos que vai ver aqui até isto acabar. É um pandemônio. Vamos carregar bebidas com as duas mãos e ainda não vai ser rápido o bastante. Boa sorte quando tentar encontrar um conhaque envelhecido aqui nessa hora com o sistema todo bagunçado.

— Certo, entendi. Vamos fazer isso.

Lumikki agradeceu o segundo empregado em silêncio por fazer as coisas funcionarem quando os ouviu mexer nos engradados. Garrafas fizeram barulhos abafados.

— Não no chão. Vão ficar no caminho aí também. Vamos colocar neste refrigerador.

— Não tem nada importante aí? Algo de que iremos precisar logo mais? Vai ser um porre ter de ficar puxando esses engradados por toda a sala. Eles pesam muito.

— Não tem nada aqui além de uns sacos velhos de legumes congelados. Eu verifiquei faz uma hora.

— Talvez seja melhor eu garantir.

Lumikki ouviu um dos empregados agarrar a alça da tampa do refrigerador.

Não abra. Não abra. Não, não, não.

Então, algo pesado caiu com um baque surdo sobre o refrigerador.

— Ei, você está louco? Podia ter esmagado os meus dedos.

— É, mas não esmaguei. Você vai ajudar ou tenho de fazer tudo sozinho?

— Calma.

Outro baque seco na tampa. E um terceiro. E um quarto. Quatro engradados cheios de vinho tinto.

— Agora ande logo e pegue aquele champanhe.

Tilintar de garrafas conforme cada empregado levantava um engradado. Passos recuavam em direção à porta.

— Ei, espere um segundo — um deles disse, virando-se.

Passos se aproximaram do refrigerador de novo. Houve um som de clique e o compressor do refrigerador ganhou vida.

— Alguém deve ter desligado por acidente. A gente tem de manter essas coisas frias mesmo que tenha só um saco de ervilhas nelas. Nunca se sabe quando alguém pode querer congelar meio alce.

Passos na direção da porta de novo. A porta foi aberta e fechada. Lumikki estava sozinha na sala de armazenamento.

Isto é, sem considerar o corpo da mulher chamada Natalia repousando no refrigerador ao lado.

Logo, poderia haver dois cadáveres congelados.

24

— Vamos! Pelo menos tente. Você tem de atirar na cabeça antes que ele veja você. A gente continua perdendo pontos.

— Não enche! Estou fazendo o melhor que posso. Pare de me atormentar. Não consigo me concentrar.

— Agora! Agora! Atire! Droga, atire!

— Isso! De bunda no chão.

— Muito bom! É disso que eu estou falando.

Elisa sentiu a dor de cabeça martelar nas suas têmporas e na parte de trás do crânio. Ela estava sentada em frente ao *laptop*, encarando o ponto vermelho que não se mexia havia horas. Isso provavelmente era bom. Significava que Lumikki havia entrado na festa. Se estivesse presa no porta-malas do carro, teria ligado ou mandado uma mensagem de texto a essa altura. Elisa não estava disposta a pensar em nenhuma alternativa, tal como o motorista ou outra pessoa ter encontrado Lumikki e feito do porta-malas do carro seu caixão temporário.

Pontas de dedos gravitaram na direção de sua boca, e Elisa arrancou as cutículas com os dentes. Suas unhas de gel com desenho rosa e preto já haviam sido arruinadas havia muito tempo.

O que importava? Ela não poderia ter nenhuma preocupação com coisas como unhas e cabelos naquele momento.

— Acho que este quarto ficaria bom com uma nova pintura. Que tal vermelho? Ah, você acha que pode revidar, hein? Vá em frente, faça-me rir!

Já bastava. Elisa não aguentava mais. Marchando para a tomada, ela puxou o fio do Playstation da parede. Os urros de protesto de Tuukka e Kasper chegaram a ouvidos surdos.

Vão para casa e brinquem, se isso é tudo o que vocês são capazes *de fazer. Crianças.*

— Que diabos, Elisa, com certeza a gente ia bater o recorde — Kasper reclamou. — Estávamos dominando completamente.

— Vocês dois conseguem ao menos imaginar a possibilidade de se concentrarem no que está acontecendo agora? — Elisa perguntou, apontando para o seu *laptop*.

— Vamos, querida, relaxe. Essa imagem não muda há duas horas. E não vai mudar se tudo correr como deve. Não podemos fazer nada para ajudar a Lumikki agora. Ou você acha que, se nós três encararmos a tela com concentração o bastante, podemos mandar ondas de energia positiva ou alguma porcaria assim?

Tuukka caminhara até ficar logo atrás de Elisa enquanto ele falava e, nesse momento, colocou as mãos nos ombros dela. Elisa se sacudiu com raiva para tirá-las. Ela não conseguia aguentar o toque de Tuukka agora. Tudo nele lhe causava aversão. Ela não conseguia acreditar que estivera apaixonada por ele certa vez, que, apenas alguns dias antes, ela pensara que eles poderiam acabar juntos de novo depois de os dois terem tido tempo de provar sua beleza com um número suficiente de outras pessoas. Que eles seriam a história de amor do século.

Se não fosse por Tuukka, Elisa não teria de ficar encarando esse assustador ponto vermelho que representava Lumikki. Ela não teria de ter medo por Lumikki ou pelo pai. Tuukka quisera ficar com o dinheiro. Tuukka tivera a brilhante ideia de lavá-lo na escola. Tudo bem, Elisa sabia que não estava sendo razoável e que não podia de verdade culpar aquele menino por tudo pelo fato de ele ser um babaca, mas direcionar seu desgosto para Tuukka a ajudava a não pensar demais no pai.

Seu pai. Papai, como Elisa ainda pensava nele. Ela sempre fora a garotinha do papai, em especial porque sua mãe vinha viajando a trabalho desde que ela conseguia se lembrar. Aquele era o papai com quem ela inventava brincadeiras bobas. O papai com quem arrastava colchões e cobertores e travesseiros para a sala de estar para construir fortes gigantes. Às vezes, eles até dormiam dentro deles. Aquele era o papai que fazia panquecas para ela com formato de ursinhos de pelúcia e cantava músicas pop bobinhas com ela a plenos pulmões. O papai que nunca se cansava do blá-blá-blá dela nem ficava frustrado com suas manias. O papai para quem ela havia chorado na primeira vez que um menino partiu seu coração. E mal havia se passado um ano desde a última maratona deles de filmes *Guerra nas Estrelas*, que sempre terminava com uma guerra intergaláctica de pipoca. A mamãe, como sempre, só revirava os olhos.

Os últimos dias tinham levado o papai que Elisa pensava que conhecia. No lugar dele, ela agora tinha um homem estranho que traía a mamãe com mulheres mais novas e estava envolvido em algo perigoso e ilegal. Elisa queria poder olhar o pai bem nos olhos e perguntar a ele "Terho Väisänen, quem é você na verdade?".

Ela estava com medo por Lumikki, mas também com medo do que ela poderia descobrir. A coisa mais segura e confiável da vida de Elisa fora arrancada dela, e ela não tinha certeza se conseguiria lidar com mais revelações. Não que ela tivesse escolha.

Batendo em seu *smartphone*, Kasper de repente levantou o olhar.

— Oh oh. Acabei de perceber uma coisa.

Os batimentos cardíacos de Elisa aceleraram.

— O quê?

— Duvido que vão deixar alguém ficar com o celular ali. O Urso Polar supostamente é super-rigoroso com coisas assim — Kasper falou.

— E você acabou de pensar nisso! — Tuukka disparou. — Como ela vai falar com a gente, então?

Elisa manteve a calma.

— Lumikki pode lidar com um problema assim. Ela vai pensar em alguma forma de nos avisar que está bem.

— Você parece confiar bastante mesmo nela — Tuukka disse, dirigindo a Elisa um olhar inquisitivo.

"Mais do que confio em você", Elisa pensou. É claro que ela estava grata por não precisar passar a noite toda sozinha na sua grande casa observando o ponto vermelho piscar na tela. Mas ela havia decidido que, assim que aquilo acabasse, colocaria um fim na sua amizade com Tuukka e Kasper. Eles nunca mais seriam um trio.

O olho de Elisa vagou de volta para o ponto vermelho que mostrava a posição do GPS Garmin. Aquilo deveria ter ajudado seus pais a se sentir seguros quando ela corria sozinha, mas agora Elisa sentia apenas medo e culpa ao saber onde Lumikki estava. O que Lumikki estaria fazendo exatamente naquele momento? No que ela estaria pensando? Elisa enrolou um cacho de cabelo loiro e colocou a ponta na boca. Chupar o cabelo a acalmava desde criança. Sabia que isso irritava Tuukka, mas não se importava.

— E se ela não nos disser que está bem...

Kasper deixou a frase oscilar sem conclusão no ar.

— Então seguimos com o plano original — Elisa disse, tentando estabilizar sua voz.

— Onde você escondeu o GPS? — Tuukka perguntou.

— Na coxa dela — Elisa disse. — Em uma cinta-liga.

— E se alguém reparar nele? — Kasper acrescentou. — Como sabemos que ninguém o arrancou e o jogou no lixo e, agora, a Lumikki está morta e enfiada em um armário ou jogada na floresta?

Elisa ficou em pé. Ela queria dar um tapa em Kasper, ou ao menos empurrá-lo.

— Cale a boca agora mesmo. Falar assim não ajuda em nada. Vocês dois fiquem quietos até que tenham algo útil para dizer. Lumikki está lá na festa e está bem e tudo está correndo como deveria. Se ela pudesse nos ouvir agora com todo esse pânico, provavelmente riria da nossa cara.

E, com isso, Elisa marchou para a cozinha. Ela queria alguma coisa para acalmar seus nervos. Seus olhos pousaram no suporte de vinhos da mãe. A mamãe provavelmente nunca repararia na falta de uma garrafa. Algumas taças de vinho tinto poderiam suavizar seus pensamentos e medos.

Os dedos de Elisa, já desejosos, acariciavam o gargalo da garrafa, mas ela decidiu não tomar o vinho.

Não, ela tinha de se manter atenta. Ela tinha de estar pronta se Lumikki precisasse de ajuda.

25

Cada engradado continha dezesseis caixas de vinho tinto. Havia quatro engradados. Cada garrafa continha 0,75 litro. Lumikki lembrava-se de ter lido em algum lugar que uma garrafa de vinho de vidro vazia pesava meio quilo. Acrescentando os próprios engradados, quase setenta e sete quilos de peso estavam apoiados sobre o refrigerador. Não era um pensamento agradável.

Certa vez, na academia, Lumikki conseguira apertar com as pernas cem quilos. Aquilo não era uma máquina de contração das pernas, no entanto. Aquilo era um refrigerador.

Lumikki chutou os saltos altos. Depois, apoiando a parte baixa das costas da melhor forma que podia contra o fundo do refrigerador, ela lançou a sola dos pés contra o lado de baixo da tampa. Empurrou. Nada.

Hipotermia: quando a temperatura do corpo de uma pessoa cai para menos de trinta e cinco graus Celsius.

Sintomas: tremedeira, sensação de frio, falta de coordenação, contração muscular.

Conforme a temperatura do corpo continua a cair, a sensação de frio desaparece, a contração muscular para e a capacidade mental sofre. Taxas de respiração e batimento cardíaco ficam mais lentas. Quando a temperatura cai abaixo dos trinta graus, o risco de arritmia fica significativo.

Nesse ponto, os mecanismos de autodefesa do corpo começam a passar o sangue quente mais para perto dos órgãos vitais e o sangue frio para as extremidades. As mãos ficam incapacitadas. Mexer-se fica difícil. Movimentos desnecessários das extremidades podem fazer o sangue frio circular e, quando ele chega ao coração, o resfriamento resultante do músculo cardíaco causa fibrilação ventricular e até mesmo a morte.

Lumikki conhecia o frio severo. Naquele outono, depois do fim do relacionamento, ela começara a nadar regularmente no lago da sauna do Clube de Natação de Inverno. Quanto mais fria a água ficava, melhor a sensação. Mergulhar em um buraco no lago congelado foi uma das experiências mais incríveis da sua vida. Nadar no inverno era como uma droga. Com pequeninos cristais de gelo desprendendo-se de sua pele quando ela saía da água, o calor fluía pelo seu corpo, deixando-a tonta com as endorfinas cantarolando pelas suas veias. A sensação era incrível. A pessoa só quer mais e mais e mais.

Lumikki era a menina estranha da sauna. A maioria dos visitantes regulares era velha. Alguns usavam gorros de tricô no vapor de cento e vinte um graus da sauna e todos usavam chinelos oficiais do Clube de Natação de Inverno. Lumikki ainda não comprara um par. As vovós e os vovôs costumavam chamá-la de “a menina”. Isso combinava bem com ela. Lumikki nunca vira mais ninguém com menos de vinte anos na sauna. Às vezes, grupos de homens ou mulheres de trinta e poucos anos chegavam para barulhentas despedidas de solteiro ou solteira.

Porém, em geral, a lagoa de nado, mantida aberta o ano todo com água saída de uma mangueira, era silenciosa. Nadadores sérios baixavam-se para a água gélida sem gritinhos ou gemidos. Eles davam algumas braçadas e, depois, saíam, ficando no pátio do prédio da sauna por um tempo, deixando sua pele soltar vapor. Lumikki adorava aquele momento. Poucas vezes em sua vida ela experimentara alguma coisa que pudesse ser chamada de *sagrada*, mas, quando visitara a sauna certo fim de tarde, uma semana antes do Natal, com lanternas acesas no pátio e estrelas brilhando no céu e cada célula do seu corpo sentindo-se completamente desperta depois do nado, uma estranha gratidão a dominou, uma mistura de saudade, melancolia e alegria que continha um grão de santidade. Aquele momento foi sua missa de Natal, olhando para as estrelas e os abetos, cheios de neve, parados ali solenes e imóveis.

Porém, embora o mergulho ocasional em um lago de gelo fosse bom para a saúde, permanecer em um refrigerador não era, em nenhuma circunstância. Água a zero grau era bem diferente de um caixão a dezessete graus negativos.

Naquele momento, Lumikki desejava não ter prestado tanta atenção à aula de saúde. Ela proibiu seu cérebro de pensar no que a falta de oxigênio faria com ela. Tinha apenas de se concentrar em abrir a tampa. Dava na mesma mexer suas extremidades demais ou usar o oxigênio do refrigerador muito rápido. Ou ela iria conseguir escapar dali ou iria morrer.

Suas pernas eram como troncos de árvore congelados.

Pegando um grande fôlego, Lumikki tensionou cada músculo do corpo e empurrou, empurrou, empurrou.

A tampa se mexeu um pouco. Muito pouco. A força de Lumikki falhou e a tampa caiu pesada e fechou-se de novo.

Lágrimas se formaram incontrolavelmente nos seus olhos, embora a última coisa que ela quisesse naquele momento era chorar. Ela simplesmente se sentia sem saída. Tudo acabar ali era tão idiota e sem sentido. Ela não queria morrer. Justo quando seu tempo em Tampere havia começado a fazer a vida parecer valer a pena de novo.

A Branca de Neve em seu caixão de vidro. Dormindo seu sono eterno.

Não, ela se recusava a deixar outra pessoa escrever sua história.

Lumikki pensou na menina que ela fora. Que ela era agora. Nunca havia desistido. Nem mesmo nos momentos mais sombrios.

Ela arrumou um pouco sua posição. Apertando os olhos bem fechados, ela concentrou toda a sua força nos músculos das pernas. Ela não tinha feito todos aqueles agachamentos e exercícios para as coxas e contrações de perna e corridas morro acima por nada.

Músculos queimando? Deixe-os queimar. A dor é só a fraqueza abandonando o corpo. E, agora, mais uma rodada. Cante junto com a música se isso ajudar!

Mais uma vez, Lumikki empurrou e empurrou e empurrou. Seus quadríceps tremeram. A dor queimou em suas coxas. Desenhos estranhos apareceram por trás das suas pálpebras fechadas.

Ela sentiu a tampa levantar. Não desistiu, sem ser misericordiosa com seus músculos. Ela ouviu os engradados se mexerem. Ela os ouviu tombar e cair no chão. Ela ouviu o vidro quebrando.

Uma agitação de vidro tilintando como fadas tocando sinos encantados. O som mais doce do mundo.

Agora ela podia ficar em pé e abrir a tampa até o final. Estava tremendo de frio e exaustão. Vinho tinto e cacos de vidro cobriam o chão. Puxando os sapatos de salto alto de volta para os pés, Lumikki saiu do refrigerador. Saltos altos tinham a vantagem de deixar apenas uma porção muito pequena da sola tocar no chão. Colocando os pés com cuidado entre os cacos, ela se mexeu com cautela na direção da porta.

Somente então percebeu que poderia ter pedido ajuda. Talvez alguém tivesse escutado.

Porém, isso nunca passara pela sua cabeça. Ela nunca havia pedido ajuda.

Boris Sokolov observou com atenção conforme os outros foliões começavam a relaxar mais e mais. Devagar, ele bebericou o Jack Daniel's, seu uísque favorito. O Urso Polar se lembrara. Sokolov não estava trabalhando naquele momento, então podia se concentrar no uísque e na bela vista. Mulheres bonitas… Ele sempre ficava feliz em olhá-las. Havia um toque de melancolia na sua observação, já que ele sabia que era velho o bastante para ser pai daquelas mulheres. Uma delas poderia lhe fazer companhia por uma ou duas noites, mas não seria nada sério. A chance de Sokolov ter um relacionamento longo e normal passara havia muito tempo. Dezenas de anos solitários com Jack como seu único companheiro real assomavam à sua frente.

O Urso Polar queria manter qualquer coisa ilegal longe dessas festas. Uma preocupação perfeitamente razoável. Se a polícia acabasse aparecendo para fazer uma batida em uma delas um dia, ninguém seria pego por nada. Aquele rio de bebidas alcoólicas era perfeitamente legítimo.

Às vezes, Sokolov odiava as drogas. Sim, elas lhe concederam um trabalho e uma vida confortável. Uma boa casa sem vizinhos muito próximos. Influência. Mulheres. E ele não era bom demais para recusar algumas carreiras de material de alta classe, dada a oportunidade certa, embora nunca tivesse tido interesse em injetar nada.

No entanto, as drogas também enchiam sua vida de estresse constante. Ele tinha de garantir que as remessas chegassem à

Finlândia. Tinha de cuidar da distribuição, manter os traficantes na linha, encontrar novos clientes e se preocupar com clientes antigos falando demais. Ele sempre tinha de fazer malabarismo com muitas coisas ao mesmo tempo. Sempre havia bolas caindo no chão.

Antes, bastava manter os outros Sergeis e Jorges e Mahmuds e Petters fora do seu território, mas, agora, ele tinha de competir com os .com e os @hotmail também. Drogas "planejadas" já haviam alcançado as drogas normais e, em alguns lugares, já as haviam superado em muito. E, para consegui-las, tudo o que uma pessoa precisava fazer era sentar em frente ao computador, entrar em algum site ilegal dos Países Baixos, inserir seu código e esperar o carteiro chegar. Lutar contra eles era inútil.

A ideia do Urso Polar de que o público-alvo deles eram os ricos, bonitos e bem-sucedidos era ótima, mas impossível de implantar na prática. Para conseguir o dinheiro necessário, eles também tinham de traficar para pessoas que estavam tão no fundo do poço que só podiam pagar em dinheiro vivo. Que já tinham vendido seus *laptops* ou trocado por heroína. Cujas transações bancárias o Serviço Social e seus oficiais da condicional observavam como falcões para garantir que continuassem limpas. Que não tinham a opção de pedir *online*.

Se os negócios não fossem tão perigosos, Sokolov não teria precisado matar Natalia. Da sua própria maneira, ele havia se importado com ela mais do que já admitira para si mesmo. Ele até fizera vista grossa quando Natalia e Väisänen ficaram juntos, apesar de ser um risco.

Boris havia justificado sua indulgência, dizendo a si mesmo que o relacionamento com Natalia era mais uma arma no arsenal de chantagem que ele poderia precisar despejar em Väisänen em algum ponto no futuro. O tira idiota jurara que não queria mais aquilo. Boris cuidaria disso. Tinha certeza de que Väisänen voltaria rastejando, implorando para que o deixassem voltar ao jogo. E Boris concordaria, é claro, mas com certas condições. Eles haviam deixado seu detetive da narcóticos de estimação ter um pouco de conforto demais. Väisänen parecera surpreendentemente sincero ao alegar que não havia recebido o dinheiro. Talvez ele até estivesse dizendo a verdade. Talvez alguém tivesse roubado o saco plástico do quintal naquela noite. No entanto, Boris não se importava. O dinheiro fora entregue a Väisänen e, assim, Boris não iria chorar todas as noites por causa disso. O mais importante era que Väisänen parecia ter deixado o assunto de lado também. No futuro, ele não receberia pagamentos nem de longe tão bons.

Se Natalia tivesse ao menos andado na linha. Ela tivera um futuro bom e seguro à sua frente. A possibilidade de subir e ser o braço direito de Boris. Porém, ficara inquieta e começara a sonhar acordada. Boris vira isso acontecer, sentiu a mudança no rosto e no tom de voz dela. Ele precisara de apenas uma viagem a Moscou e o irmão de Natalia confessara a ele todo o plano.

Boris poderia ter impedido Natalia simplesmente ao não deixar o dinheiro em casa. Porém, ele queria testá-la, medir sua lealdade. O medidor havia balançado para o lado do menos, embora ele tivesse mantido a esperança até o finalzinho de que ela tomaria juízo. Natalia não lhe deixara nenhuma alternativa além da eliminação. Era uma pena. Boris tivera tanta esperança de que, entre todas as pessoas do mundo, Natalia fosse aquela que não o decepcionaria.

O Jack Daniel's deslizou por sua garganta, macio e quente. Ainda assim, Boris teve de engolir mais algumas vezes.

Ele se livraria do corpo no dia seguinte.

Aquela noite não era momento para trabalho sujo.

26

A meia-noite rapidamente se aproximava. A festa ficara mais barulhenta e mais agitada. A música trovejava. As bebidas haviam se metamorfoseado de vinho para destilados. A maquiagem das mulheres já começava a borrar. Os homens afrouxavam as gravatas.

Ainda não era o momento certo de se soltar por completo, no entanto, esquecer toda a noção de bom comportamento e apenas beber o máximo de bebidas gratuitas possível, começar a arrumar brigas e desaparecer no andar de cima para "descansar". O clímax da noite ainda estava por vir.

A chegada do Urso Polar.

Era por isso que Lumikki havia ficado também. Depois de escapar do refrigerador, ela entrara no banheiro feminino, tirara o vestido de festa e, em pé, em cima do vaso sanitário, encharcara os braços e as pernas com água quente da mangueira do bidê. Aos poucos, o tato voltou para suas mãos e seus pés. Depois, ela se secou com toalhas de mão, colocou o vestido de novo e arrumou a maquiagem, que continuava impressionantemente boa. Talvez Elisa devesse mesmo pensar em uma carreira em cosmetologia. Ela conseguira conjurar uma pintura de guerra para Lumikki que não apenas resistiu às comidas e bebidas, mas também ao congelamento.

Para as mulheres bravas na fila do lado de fora da porta do banheiro, ela apenas ergueu as sobrancelhas, sem dizer uma palavra.

Na verdade, Lumikki podia ter ido embora. Ela concluíra sua missão. Sabia que o pai de Elisa trabalhava com um traficante chamado Boris Sokolov. Que ele dava informações a Sokolov e escondia informações da polícia em troca de dinheiro. Ela também sabia que o corpo de uma mulher chamada Natalia estava em um refrigerador do porão e que Boris Sokolov a matara. As informações provavelmente seriam o bastante para colocar Sokolov na cadeia. E o pai de Elisa também, é claro, mas isso não podia ser evitado.

Porém, mesmo assim Lumikki ficou. Sua curiosidade nunca seria satisfeita até ela ver a figura mítica e lendária de quem todo mundo falava aos sussurros. Assim, ela continuou seu passeio pelos salões de fantasia, que pareciam não ter fim.

Uma sala era inteira cor-de-rosa. Provavelmente, teria sido a favorita de Elisa. Ou talvez não, Lumikki percebeu depois de alguns segundos. Ela sentiu um pouco de náusea quando notou que, escondidos em meio a todos os *marshmallows*, unicórnios, botões de rosa e travesseiros de babados, havia vários brinquedos sexuais cor-de-rosa, que compreendiam de chicotes delicados a enormes consolos. Contos de fadas adultos para todos os gostos, realmente. Lumikki saiu rápido quando um casal entrelaçado entrou cambaleando no salão, parecendo que começaria a usar todas aquelas gostosuras à disposição a qualquer momento.

À medida que a meia-noite se aproximava, mais elétrica a atmosfera ficava. Todos aguardavam. Todos ansiosos. Faltando dez segundos, a contagem regressiva começou. Todos os convidados haviam se reunido no grande salão de baile do segundo andar. As pessoas se acotovelavam e se empurravam.

Dez.

Olhando ao redor, Lumikki viu Terho Väisänen brincando nervoso com um copo vazio.

Nove.

A música foi baixada e, em seguida, desligada.

Oito.

As luzes diminuíram. Apenas as estrelas projetadas no teto continuaram acesas.

Sete. Seis. Cinco. Quatro. Três.

De repente, Lumikki quase explodiu em uma risada, pensando no absurdo da situação. Lá estava ela, uma adolescente sensata que simplesmente entrara por acaso na câmara escura da escola no momento errado.

Dois.

As pessoas já não gritavam os números. Elas os contavam de maneira calma, respeitosa.

Um.

A escuridão varreu o salão. Todos ficaram em silêncio. Um tinido abafado como o som de sinos de trenó distantes ficou audível. Do teto, flocos que pareciam neve de verdade começaram a cair. Quando Lumikki tocou em um deles, virou pó.

De repente, holofotes poderosos iluminaram o centro do salão.

Duas mulheres. Ambas com fantasias de Rainha das Neves. O nome combinava com elas mil vezes melhor do que com a pobre e congelada Natalia. Gêmeas idênticas. De alguma forma, elas haviam aparecido do nada. Lumikki não conseguia adivinhar sua idade. Elas podiam, facilmente, ter tanto vinte como cinquenta anos.

O salão de baile irrompeu em estrondosos aplausos. As mulheres acenaram magistralmente. Depois, Lumikki reparou que uma delas usava um pingente de prata na forma de cristal de gelo. O pingente da outra mulher era um urso de prata.

Gelo e um urso. Urso do gelo. Urso Polar. Não uma pessoa, duas. Que, ainda assim, eram uma, singular.

As mulheres esperaram a multidão se acalmar. E só então começaram a falar. Revezavam-se com tanta fluidez que Lumikki não tinha certeza de qual das duas falava de cada vez.

— O inverno é um momento de encanto. Por isso eu queria que o tema desta celebração fossem contos de fadas. Sonhos, fantasias e pesadelos. Esses são os ingredientes dos contos de fadas. Vocês todos estão aqui porque eu quero agradecê-los. Vocês têm participado da criação de um sonho. O sonho de uma sociedade mais elegante, mais eficiente, com mais propósito. Para nós, os limites foram feitos para serem ultrapassados; as regras, para serem mudadas; as normas, para serem desafiadas. Comemorem! Por um momento, esqueçam os padrões limitados e as expectativas do mundo lá fora. Isto tudo é para vocês. A vida é para vocês.

Não havia nada de concreto, nada a que se agarrar no que as mulheres tinham dito. Elas falavam em um inglês perfeito sem sotaque. Mesmo que Lumikki carregasse um gravador, não teria registrado nada de incriminador. No que aquelas mulheres estavam envolvidas? Que informações sujas elas tinham sobre todos aqueles convidados da festa? Quantos dos seus negócios eram criminosos?

Olhando para a multidão adoradora, Lumikki entendeu que provavelmente nunca saberia. As verdadeiras atividades do Urso Polar eram como a neve falsa caindo do teto. Se tentasse pegá-las, elas se desintegrariam e desapareceriam.

Ela nunca teria uma chance contra aquelas pessoas. E as gêmeas em si poderiam ser apenas uma fachada. Ninguém as pegaria. Ninguém podia fazer nada com elas.

O que Lumikki poderia fazer, no entanto, era colocar Boris Sokolov atrás das grades. Os eventos que haviam começado com o dinheiro ensanguentado na câmara escura poderiam fechar o círculo completo. Isso seria suficiente.

Agora, ela queria ir para casa.

27

— Não preciso de um espelho para me dizer que você é a mais bela mulher desta festa.

Uma respiração quente soprou contra a orelha de Lumikki e mãos firmes agarraram sua cintura. Lumikki falou um palavrão para si mesma. O homem que a atormentava a encontrara de novo e conseguira capturá-la com um aperto surpreendentemente forte justamente quando ela tivera a intenção de ir embora. Ela conseguia cheirar no hálito dele que ele ingerira mais de algumas rodadas de conhaque. Lumikki conseguia perceber pela mão pesada de seu aperto que ela não tinha esperança de escapar. Apenas atrairia atenção indesejada caso tentasse.

— Eu estava começando a me preocupar, achando que você tinha desaparecido. Isso seria inaceitável. Fomos interrompidos de uma forma tão triste — o homem sussurrou, apertando sua ampla carcaça contra as costas de Lumikki.

Pelo menos noventa quilos, Lumikki chutou. Pode ser surpreendentemente forte quando provocado. Estava na hora de uma tática diferente.

— Você ainda não esfriou comigo, esfriou?

"Felizmente, não", Lumikki pensou.

Virando-se, Lumikki olhou no rosto do homem. Os olhos dele estavam vermelhos. Ele largara o paletó do *smoking* em algum lugar. Manchas grandes e escuras desciam das suas axilas e cruzavam sua camisa azul-clara. A gravata estava um pouco afrouxada. Com um gesto cheio de falsa autoafirmação, ela pegou a gravata do homem, levou sua boca para a orelha dele e sussurrou:

— Vamos lá para cima e veremos se essa história tem um "felizes para sempre".

Depois, ela mordiscou o lóbulo da orelha do homem, com dificuldade engolindo seu nojo. Ela podia interpretar aquele papel também.

Um rubor de satisfação se espalhou pelo rosto dele e ele lambeu os lábios.

— O que estamos esperando? — ele perguntou.

Enquanto subia para o segundo andar, Lumikki podia sentir o olhar constante do homem em suas costas. Tentar escapar seria inútil. Suas pernas tremiam um pouco, mas ela se forçou a balançar os quadris de um jeito convidativo enquanto andava. Como seria subir aquelas escadas na frente de alguém com quem ela quisesse mesmo ficar, fechar uma porta atrás deles e trancar o restante do mundo do lado de fora? O cheiro de protetor solar e de pele quente. Rir enquanto ela subia correndo os degraus de madeira da doca do barco até a cabana. Passos que a seguiam com regularidade. Formigava de expectativa enquanto ela os ouvia se aproximando.

Relembrar era inútil. O verão anterior estava a uma eternidade de distância.

O agora era agora, e ela tinha de fazer aquilo.

Lumikki guiou o homem até um quarto vazio, no meio do qual havia uma cama grande de ferro forjado. Ela empurrou o homem no colchão. Era importante ser o mais segura e ousada possível.

— Eu sabia que você era uma gata selvagem! Mas tudo bem, vou domar você — o homem disse, começando a tirar a calça enquanto permanecia deitado na cama. Lumikki fechou a porta e virou a chave na fechadura com um clique. Depois, rebolou na direção do homem, que tentou agarrá-la com as mãos suadas.

— Tsc, tsc, a gatinha quer brincar com você primeiro, lembre-se — Lumikki falou, empurrando o homem para baixo.

Para alívio de Lumikki, os olhos bêbados dele se iluminaram. Ele estava nas mãos dela, pelo menos naquele momento. Lumikki subiu na cama e colocou uma perna de cada lado da sua vítima, que imediatamente começou a passar as mãos em suas coxas, faminto.

— O que é isso?... — o homem perguntou, enrugando a testa, confuso, quando encontrou o rastreador GPS.

Ah, merda. Depressa, Lumikki agarrou as mãos do homem e as forçou para cima na direção da cabeceira.

— Agora seja um bom menino — ela sussurrou, segurando os pulsos do homem com a mão esquerda enquanto tirava algo fofo e rosa da bolsa com a mão direita.

— Ah, então você gosta de *bondage*? — o homem disse com um sorriso largo.

Lumikki fechou num estalo as algemas em volta dos pulsos dele e as prendeu à cabeceira de ferro.

— Na verdade, não — ela respondeu e ficou em pé. — Mas espero que você goste.

O homem levou alguns segundos para perceber que Lumikki não tinha intenção de voltar para a cama. Quando enfim o seu cérebro nublado pelo conhaque entendeu e um urro enraivecido brotou dos lábios dele, já era tarde demais. Lumikki trancou a porta pelo lado de fora.

Depois, ela caminhou até a janela no final do corredor. Abrindo-a, jogou a chave do quarto e a chave das algemas na neve, onde desapareceram no mesmo instante. Menos um obstáculo para ela chegar à sua casa.

Terho Väisänen contemplou por uma grande janela a escuridão.

Ele desistira, percebendo que não teria como convencer o Urso Polar de que ela deveria pagá-lo e deixá-lo ir embora. Ou "elas". Como deveria se dirigir a elas? Ele tentara conversar com um dos guarda-costas das mulheres e pedira uma reunião. Seu pedido fora negado. Quando ele explicou que recebera um convite especial para se encontrar com o Urso Polar, o guarda-costas informou com frieza que seu convite não significava nada. Ele não deveria perder tempo imaginando que o Urso Polar estaria interessado em um ninguém como ele.

E, quando ele olhou ao redor para os outros convidados, entendeu que o guarda-costas estava certo. Ele era pouco mais do que uma mosquinha para o Urso Polar. Até mesmo Boris Sokolov era apenas um mosquito ou, no máximo, uma mosca. Eles eram peças ridiculamente pequenas de um jogo maior.

Tudo o que Terho podia fazer era se retirar com o rabo entre as pernas. Ir para casa, abraçar a filha e escrever um e-mail para a esposa dizendo que sentira saudades dela. Pensar em como pagar as contas sem sua principal fonte de renda. A situação não estava perdida. Sim, ele tinha uma dívida, mas também tinha emprego. Assim como sua esposa. Poderiam diminuir os gastos do dia a dia. Ele precisaria parar de jogar, é claro, mas isso fazia parte do seu plano já havia um tempo. Ele não mais precisaria de dinheiro para ajudar Natalia, já que não havia Natalia. As mãos de Terho começaram a tremer e ele se sentiu enjoado só de pensar nisso. Tinha de tirar isso da cabeça. Não podia deixar aquela dor dominá-lo naquele momento. Tinha de continuar sendo racional. Tinha de pensar de maneira prática. Sua filha nem sempre precisaria ter tudo do mais caro. Desacelerar, simplificar a vida deles e passar mais tempo juntos faria bem para toda a família. Viver uma vida normal como todos os outros.

A vida de pessoas normais não incluía passar informações para chefes do crime sobre quando e onde a polícia faria as próximas batidas, quais traficantes eram informantes, quais caminhões seriam parados na fronteira ou que ações eram preparadas para acabar com o tráfico de drogas. A vida de pessoas normais também não incluía receber dicas sobre esconderijos de drogas ou saber dos podres de criminosos menores dos quais a gangue de Sokolov queria se livrar por esse ou aquele motivo. Ao longo dos anos, Terho resolvera uma quantidade constrangedora de crimes com a ajuda de Sokolov. Ele dissera a si mesmo que ambos se beneficiavam do acordo.

Sokolov queria o monopólio no comércio de drogas de Tampere, e Terho queria prender traficantes perigosos que vendiam misturas contaminadas e verdadeiros venenos em vez do produto genuíno e que eram, na verdade, responsáveis pela maioria das mortes por drogas.

Ele acalmara sua consciência dizendo a si mesmo que Sokolov vendia, geralmente, para pessoas que tinham o vício sob controle e não acabariam no pronto-socorro por *overdose*. Usuários recreativos. Mas ele sabia havia muito tempo que isso era apenas parte da verdade. Sokolov também ficava perfeitamente feliz em pegar dinheiro de pessoas que estariam melhores se comprassem pão e leite para os filhos. Terho quisera apenas enterrar a cabeça na areia.

Ele queria enterrar a cabeça na areia naquele momento também. De repente, estava dolorosamente cansado. Queria sair dali.

Naquele momento, Terho reparou na mesma jovem cujo vestido chamara sua atenção mais cedo. Dessa vez, ele também reparou na bolsinha branca de contas da mulher. Em geral, ele não sabia nada sobre bolsas de mulheres, mas sobre aquela em especial ele por acaso sabia bastante. Uma Hermès original custava centenas de euros. Ele sabia porque comprara exatamente a mesma bolsa para Elisa como presente de aniversário, pois ela implorara por muito tempo.

Um vestido de festa parecido podia ser coincidência.

Uma bolsa parecida poderia ser coincidência.

Mas os dois juntos na mesma mulher não poderiam.

Com alguns passos, Terho andou até a mulher, segurou-a com firmeza pelo braço e exigiu uma explicação.

O interesse de Boris Sokolov se acendeu quando ele viu Terho Väisänen discutir com uma jovem mulher. Aproximando-se, ele entendeu o suficiente do finlandês de Väisänen para saber que ele alegava ter comprado a bolsa e o vestido da mulher. E os sapatos.

Boris soltou um rosnado. Pelo visto, Väisänen estivera gastando dinheiro em outras mulheres além de Natalia. Aquilo teria de acabar também. Boris já se virava de volta para o caminho por onde viera quando ouviu a palavra *tytär*. *Filha*.

Isso o fez parar. Seu cérebro acelerou a um milhão de quilômetros por hora. Se a menina do vestido vermelho era filha de Terho Väisänen, estava claro que ela sabia coisas demais. Ela sabia quem a tinha perseguido no bosque. Ela podia até saber sobre Natalia. E o dinheiro. Por que outro motivo estaria ali na festa?

Era melhor ele ir falar com ela para manter sua boca fechada como a do pai.

Lumikki tentou torcer o braço para libertá-lo do aperto do pai de Elisa, mas, como policial, ele claramente estava acostumado a lidar com pessoas que não queriam cooperar. Seu aperto era como ferro.

— Responda! Por que você está com a bolsa da Elisa?

Lumikki podia ver Boris Sokolov se aproximando. Algo nos olhos dele a assustou.

Väisänen estava opressivamente perto.

Ele cheirou o ar.

— Você está até usando o perfume dela! — disparou.

Sokolov estava a apenas três passos de distância.

Lumikki tinha de escapar.

Com força, ela empurrou a bolsinha de Elisa contra o peito do pai dela.

— Tudo bem, fique com ela. Infelizmente, não posso devolver o perfume.

Väisänen foi pego de surpresa o bastante para afrouxar a mão um pouquinho. Foi o suficiente. Lumikki libertou-se e correu na direção da escada. Ela ouviu Sokolov ir atrás dela, gritando algo em russo.

Na escada, ela esbarrou em uma empregada vestida de Alice no País das Maravilhas que carregava algum tipo de drinque à base de laticínio. Talvez *White Russians*. Desculpando-se em silêncio, Lumikki derrubou a bandeja das mãos da mulher. Líquido e cacos de vidro espalharam-se pela escada. Ela ouviu Sokolov tropeçar e falar um palavrão.

Isso deu a Lumikki alguns segundos preciosos. Arrancando os saltos altos dos pés, ela disparou pela multidão, agarrada aos sapatos. Para a porta da frente e noite afora. Ela continuou a correr pelo caminho iluminado por velas.

Ande no fogo comigo. Aquela coisa toda começava a parecer cada vez mais com uma situação de *Twin Peaks*. Só faltava o anão.

Sokolov gritou para os guardas na escada.

— Parem essa mulher!

Os homens se viraram e bloquearam o caminho dela, duas geladeiras pelas quais ela não tinha chance de passar.

Lumikki desviou e mudou de direção. Sokolov a seguiu. Um grande muro cercava a casa por todos os lados. Lumikki correu para o canto mais distante. Estava escuro. A neve feria a sola dos seus pés, que estavam cobertos apenas pela fina meia-calça.

Lumikki rapidamente passou as mãos pelo muro. Não havia nada em que agarrar. Nem um macaco conseguiria escalá-lo. Porém, ela encontrou um pequeno buraco. Enfiando a ponta de um dos sapatos bem fundo no buraco, ela subiu e ficou em pé em cima do sapato. Quase perdeu o equilíbrio. Sokolov estava quase no muro.

Cravando o outro sapato no muro pelo salto, ela deu outro grande passo para cima. Sokolov pegou a bainha do vestido.

A bainha rasgou.

O sapato quebrou.

O sapato caiu na neve, deixando apenas o salto fino preso no muro. Os pés de Lumikki falsearam no ar sem apoio. No entanto, seus dedos agarraram o topo do muro e ela conseguiu se puxar para cima num arranque bem quando a mão de Sokolov roçou no seu pé.

Lumikki se deixou cair do outro lado, pousando em um monte de neve macio. Em vez de tentar pular o muro, Sokolov saiu correndo, provavelmente na direção do portão. Lumikki disparou em meio à neve, que chegava até suas panturrilhas. A bainha do vestido de noite estava rasgada de um lado, revelando toda a sua coxa.

"Que bom", Lumikki pensou enquanto corria. Do contrário, seria mais complicado se mexer.

Correr na neve era difícil e o frio mordia com dentes afiados. A floresta estava escura, era a própria escuridão.

No entanto, Sokolov ficava cada vez mais para trás. Lumikki aumentou a velocidade. Era a terceira vez em quatro dias que alguém a perseguia e ela tinha de fugir em meio à neve e ao frio.

Três tentativas. Em contos de fadas, os heróis sempre tinham três tentativas. As duas primeiras falhavam, mas a terceira dava certo. Isso significava que ela conseguiria escapar de uma vez por todas? Ou que seus perseguidores enfim a pegariam?

A terceira vez é a certa. Três faltas e você está fora. Qual seria essa?

De repente, Lumikki sentiu alguma coisa arranhar dolorosamente sua coxa nua. Ela ignorou. Apenas correu e abriu caminho na neve e continuou se esforçando. Por fim, os sons da perseguição sumiram.

Lumikki esfregou a coxa com os dedos, que voltaram com alguma coisa quente e molhada. Sangue. Sokolov havia atirado na perna dela e, por sorte, a bala passara apenas de raspão. Porém, sangrava muito.

Lumikki não queria pensar naquilo.

Ela apenas correu. A floresta a envolveu como água escura.

Entretanto, agora a pobre criança estava completamente sozinha na grande floresta. Tanto medo ela sentia que, ao ver todas as folhas das árvores, não sabia onde procurar ajuda. Ela então começou a correr e correr, por cima das pedras afiadas e atravessando os espinhos, e animais selvagens pularam na sua direção, mas seguiram adiante, sem lhe fazer mal. Ela continuou correndo enquanto suas pernas conseguiam carregá-la e a noite começava a cair.

28

Era uma vez uma menina que correu tão longe que suas pernas não conseguiam carregá-la mais. E, então, ela continuou a correr, em sua mente, em seus sonhos. Suas pernas finas, fortes e ágeis disparavam por cima de montes de neve quase sem deixar nenhuma marca nos flocos macios e brancos. Ela fugia como fogem aqueles que são livres, que sabem que ninguém irá detê-los.

Lumikki cambaleava no limite entre a consciência e o esquecimento.

Ela não sentia mais frio. Ela estava quente. Em algum nível, sabia que aquilo era ruim, mas não se importava mais. Ela se deitou de costas na neve.

Ela pensou no sangue que escorria da sua coxa para a neve. Ela imaginou que o vermelho formaria lindas espirais contra o branco, pintando um desenho muito bonito, que se espalharia por alguns metros, mais alguns, por toda a floresta.

Ela se viu de cima como se flutuasse a nove metros do chão. Cabelos pretos arrumados contra a neve como um halo. Um vestido de festa que, mesmo rasgado, brilhava como se brotasse de rubis vermelhos. Torcendo desenhos que se estendiam, crescendo organicamente.

Bonito. Não feio.

Feia. Gorda. Magra demais. Dentes estranhos. Voz irritante. Cabelo oleoso. Sapatos sujos. Braços peludos. Estúpida. Idiota. Esquisitona. Vadia. Prostituta.

Onde você arrumou essas roupas? Tirou do lixo?

Seus pais provavelmente têm vergonha de sair em público com você.

Se eu tivesse essa aparência, eu nunca sairia de casa.

Você deve ser adotada.

Ninguém nunca vai querer beijá-la.

Ninguém poderia amar alguém como você.

Por que está chorando? Se dói, é só falar. Ah, dói? Cale a boca ou eu vou dar a você um motivo de verdade para chorar.

Você é tão feia que, na verdade, fica melhor com os ferimentos.

Palavras, palavras, palavras, palavras, palavras, palavras, palavras, palavras. Frases, sentenças, perguntas, gritos. Beliscões, arranhões, tapas, arrastões, puxões, empurrões, chutes.

Você não é essas palavras. Você não é os gritos e os xingamentos. Você não é as coisas horríveis cuspidas em você como um chiclete sem gosto. Você não é os socos ou os ferimentos que elas causam. Você não é o sangue escorrendo do seu nariz. Você não está sob o controle delas. Você não é delas.

Dentro de você, há sempre uma parte sua que ninguém pode tocar. Você é você. Você é sua e dentro de você está o universo. Você pode ser o que quiser. Você pode ser qualquer pessoa.

Não tenha medo. Você não precisa mais ter medo.

— Eu não preciso mais ter medo — Lumikki tranquilamente sussurrou para si mesma.

Vapor subiu da sua boca.

Ela ainda se lembrava dos rostos delas. As vozes e risadas de menininha delas que ecoavam, ecoavam, ecoavam pelos corredores da escola mesmo depois de o dia ter terminado e o prédio estar em silêncio.

Ela se lembrava em especial dos cheiros. Nos primeiros anos, eram os enjoativos aromas de imitação das borrachas perfumadas. Depois, doces comidos em segredo no recreio, balas de framboesa e alcaçuz juntos. Uma respiração no rosto dela, doce e salgado misturados. Caramelo, manga e brilho labial de menta. Perfume de baunilha da Body Shop, o primeiro que as mães as deixavam usar para ir à escola. Mais tarde, os perfumes de verdade que mudavam de acordo com o dia, o humor, as roupas e as tendências. A fragrância da estação da Escada.

Ela aprendeu a reconhecê-las com rapidez e precisão, sentindo o cheiro delas a distância para saber quando virariam uma esquina. Às vezes ajudava. Às vezes ela tinha tempo de se esconder. Porém, em geral, não adiantava. Depois, ela aprendeu o quanto os perfumes podem ser nauseantes quando seu fedor se mistura com suor, ou como um mictório sujo do banheiro dos meninos fede quando sua cabeça é enfiada nele e mandam que você lamba a porcelana fria e dura.

Ela se lembrava dos nomes delas. Sempre se lembraria dos nomes delas.

Anna-Sofia e Vanessa.

Havia durado da primeira série até a metade da nona. A cada ano, as mãos eram mais fortes, as palavras mais cruéis e os golpes mais dolorosos. Lumikki não sabia por que as meninas a tinham escolhido. Talvez ela tenha sorrido do jeito errado ou não sorrido nem um pouco. Talvez ela tenha usado o tom de voz errado na hora errada. Não importava. Ela aprendera depressa que nunca conseguiria mudar quem era ou seu comportamento o suficiente para fazer Anna-Sofia e Vanessa a deixarem em paz.

Lumikki nunca contara a ninguém. Ela nem pensara nisso como opção. O silêncio fora a lei de ouro em casa. Não pergunte, não diga. Tudo estaria bem se nada de ruim fosse dito em voz alta. Os machucados, os arranhões, os pulsos torcidos, as roupas rasgadas. Tudo podia ser explicado se uma explicação fosse necessária. A escola fora um campo de batalha, e Lumikki nunca pôde ter certeza de quem era amigo e quem era inimigo. Suas estratégias haviam precisado de planejamento cuidadoso. Tentar minimizar os ferimentos. Contar aos professores só teria piorado a situação. Ela tinha de presumir que eles não acreditariam nela. Anna-Sofia e Vanessa sabiam fingir diante dos adultos. Seus sorrisos eram angelicais e inocentes.

Violência, tortura e subjugação. Lumikki recusava-se a pensar que sofria "*bullying*" porque tal palavra parecia algo menor, transitório e simples. Apenas um pouco divertido. Apenas um pouco de brincadeira. Apenas uns empurrões. Ah, ela simplesmente caiu sozinha. É só uma piadinha interna que a gente tem.

Na oitava série, em segredo, Lumikki começou a correr e levantar peso. Ela decidira estar no melhor condicionamento físico que podia para conseguir fugir. Aquilo funcionara um pouco melhor a cada vez, mas não fizera o pesadelo acabar.

E, então, uma vez. No final de uma tarde de inverno, quando o sol já desaparecera abaixo do horizonte e o pátio da escola estava vazio. Lumikki escondeu-se atrás de uma lata de composto até ter certeza de que Vanessa e Anna-Sofia haviam ido embora. Ela havia aguentado o fedor de cascas de banana e restos de sopa de ervilha que enchiam o ar congelado, irradiando com o calor do processo de decomposição. Ela esperou até tudo estar em silêncio. Um anoitecer azul caiu sobre o pátio da escola. Paz.

Lumikki deixou seu esconderijo. Mexeu-se silenciosamente. Fundiu-se às sombras cinza, pouco mais do que um sopro de vento na neve pisoteada. Ouviu os sons de carros a alguns quarteirões de distância. Ouviu os cachorros latirem em um parque distante. Ouviu a neve escorregar do telhado da escola. Mas ouviu os passos de Vanessa e Anna-Sofia tarde demais. Tarde demais, ela disparou sobre pernas recém-carregadas de poder explosivo. Simplesmente não foi o bastante. As meninas a fizeram ir para o canto dos fundos do pátio, onde altos muros de pedra se elevavam. Correndo na direção do muro, Lumikki tirou as luvas e as enfiou nos bolsos. Ela agarrou os tijolos ásperos do muro com os dedos e tentou escalar. Seus pés não conseguiram encontrar nenhum apoio. Seus dedos congelaram no ar frio e não se seguraram. Ela estava encurralada.

Lumikki se virou, pressionando as costas contra o muro de tijolos e preparando-se para receber os golpes delas. Ela aprendera a receber uma pancada. Já sabia a melhor forma de se proteger. Sabia quando inspirar e quando expirar, quando tensionar os músculos e quando relaxar. Ela apenas esperava que a surra não durasse muito naquele dia. Estava com frio e precisava fazer xixi. Queria ir para casa. Queria comer os espetos de frango levemente queimados do pai e fazer a lição de casa e não pensar em nada.

Anna-Sofia e Vanessa se aproximaram. Elas não falaram nada. O silêncio era pior que insultos e ameaças, condensando-se em uma expectativa que levou o gosto de bile para a boca de Lumikki. As meninas se arrastaram para a frente com um passo macio, como lobas. Lumikki teria preferido encontrar lobos famintos e bravos a encarar aquela dupla cujos cabelos brilhavam no crepúsculo, os lábios de um vermelho faiscante. Aquelas criaturas eram muito mais perigosas, com gelo no lugar de sangue quente sendo bombeado pelos corações.

Lentamente, Lumikki fez uma contagem regressiva a partir do dez, esperando a primeira violação de suas fronteiras físicas. Ela não sabia se seria um empurrão leve no ombro, um chute rápido na barriga ou uma gororoba de cuspe de menta no rosto.

"Dez, nove, oito, sete..."

De repente, Lumikki sentiu algo quente e vermelho crescer dentro dela. Era estranho. Não parecia vir dela. Raiva. Ira. Um desejo cego de não ter medo. Os números desapareceram, o pensamento desapareceu, o tempo e o lugar desapareceram. Depois, ela nunca conseguiria dizer o que acontecera. Um pedaço da sua memória estava faltando. Um buraco na linha do tempo.

Ela estava sentada em Anna-Sofia na neve, socando o rosto dela com toda a sua força. Nos nós dos seus dedos havia algo quente e escuro. Confusa, ela entendeu que era sangue do nariz de Anna-Sofia. Ela mais pressentiu do que sentiu que Vanessa tentava arrancá-la de lá. O cotovelo de Lumikki fez contato com a barriga de Vanessa, e a menina a soltou.

Lumikki não sabia havia quanto tempo ela batia em Anna-Sofia. Observava a si mesma de algum lugar bem distante. Uma menina com lágrimas e ranho escorrendo descontroladamente por suas bochechas e seu maxilar. Cujos braços subiam e caíam com menos potência a cada golpe. Era mesmo ela? Não era para ser o contrário? Anna-Sofia choramingando e protegendo o rosto, Vanessa segurando a barriga e gritando para Lumikki parar. Não estava do avesso? E, de repente, Lumikki voltou para o próprio corpo, sentindo a forma macia e submissa de Anna-Sofia sob ela, e a raiva fora embora.

Ela se levantou. Suas pernas tremiam. Suas mãos ficaram caídas, moles. O frio mordiscava seus dedos. Ela limpou o rosto molhado. Anna-Sofia sentou-se curvada e Vanessa ajoelhou-se ao lado dela. Elas não olharam nos olhos de Lumikki. Lumikki não olhou nos olhos dela. Ninguém disse nada. O silêncio falava mais alto que palavras.

Com pernas trêmulas e exaustas, Lumikki partiu na direção de casa. Ela não tinha medo de que as meninas a seguissem e tentassem se vingar. Ela não tinha medo de nada. Ela não sentiu nada. Ela não pensou nada. Na metade do caminho para casa, ela parou na lateral da rua e vomitou. A sopa de ervilha assemelhava-se surpreendentemente à aparência que tivera antes de ser comida.

Em casa, ela seguiu direto para o banheiro antes que os pais pudessem vê-la. A menina que olhou de volta do espelho era uma estranha. Nas suas bochechas havia vestígios de sangue. Admirada, Lumikki levantou as mãos e tocou neles. A menina no espelho fez o mesmo. O sangue não era dela. Era o sangue de Anna-Sofia. Lumikki lavou o rosto uma, duas, três, quatro vezes com água tão quente quanto conseguia aguentar. Ela esfregou as mãos com sabão até elas arderem.

Depois, finalmente deitada na cama naquela noite, ela caiu no sono imediatamente e dormiu bastante sem sonhar. Quando um bipe do seu celular a acordou, ela se sentiu pior do que já se sentira antes. Pior do que nas manhãs depois de ter apanhado até ganhar hematomas.

Lumikki tinha certeza de que as coisas não terminariam ali. Anna-Sofia e Vanessa nunca deixariam aquilo passar. Ela seria punida de um jeito ou de outro, oficialmente ou não. Elas nunca desistiriam da vingança.

Um dia se passou, depois dois, três, uma semana, um mês. Nada aconteceu. Anna-Sofia e Vanessa simplesmente a deixaram em paz. Sim, ela ainda estava isolada do resto da classe e ninguém falava com ela por vontade própria, mas não havia mais surras. Ou xingamentos. Ou mensagens de texto ameaçando matá-la.

Tudo simplesmente parou.

Aos poucos, Lumikki começou a adquirir confiança. Ela respirava com mais facilidade. A primavera chegou, trazendo com ela um pouco mais de luz e menos dias de aula. Enquanto ela ouvia os outros cantarem "*Den blomstertid nu kommer*", o hino que sempre cantavam em cada formatura, Lumikki sentiu algo pesado e negro soltar o aperto que mantinha em volta dela. Com seu diploma da nona série na mão, ela saiu andando para a contínua luz do sol, o verão e a liberdade.

A neve brilhou amarela. Depois, laranja. E, um momento depois, verde. Lumikki viu as luzes e ouviu um "pop". Estrelas douradas caíram do céu. Em seguida, rosas enormes ganharam vida, suas pétalas se abrindo, derretendo e desaparecendo. Um unicórnio subiu com dificuldade até a Lua. Os planetas dançaram. Fogos de artifício.

Em homenagem ao Urso Polar, provavelmente.

Provavelmente, era quase meia-noite e meia.

Lumikki pensou no pequeno rastreador amarrado à sua perna. Relembrou as instruções que dera a Elisa caso ela não voltasse da festa ou desse notícias até a meia-noite.

Ela tinha de sair da festa antes de o relógio soar a meia-noite.

Mas essa não era uma história diferente? Cinderela?

Os estalidos continuaram. Lumikki flutuou em ondas multicoloridas. Ela se sentiu bem. Apenas cansada.

"Todo fim de dia, quando o abajur é desligado e a noite de verdade chega."

Não era assim a letra da canção de ninar?

Não era assim que o sonho azul começava?

Azul, azul, brilhante azul.

Por um momento, Lumikki pensou que os fogos de artifício ainda estouravam. Logo percebeu que não ouvia mais explosões. Uma lamentação começou.

Uma parede branca. Um cheiro estéril. Luzes brilhantes.

Dor enjoativa e pulsante em algum lugar muito longe. Lumikki não conseguia pensar nisso. O gosto de antibióticos na sua boca.

Pinga, pinga, pinga. Alguma coisa fluía para dentro dela. Ela estava presa a alguma coisa. Lembrava-se vagamente de que havia nomes para todas aquelas coisas que a cercavam. No entanto, ela não tinha força para pensar neles.

Figuras se moviam em frente às luzes.

Rostos familiares.

Mamãe. Papai.

Sons vindos de um lugar muito distante, atrás de vidro, acima da superfície da água, do outro lado de uma parede.

— O médico disse que ela saiu da condição crítica. Não chore, *älskling*[4]. Ela vai ficar bem. Ela é uma lutadora.

— Eu só não consigo parar de pensar. Eu acho que não conseguiria sobreviver se nós a perdêssemos também.

— Não vamos. Silêncio. Silêncio.

Também? Quem mamãe e papai tinham perdido? Lumikki queria perguntar, mas não conseguia formar as palavras. Abrir a boca teria exigido um esforço avassalador. Ela só queria dormir. Ela teria de se lembrar de perguntar depois. Em algum momento depois. Após ela ter dormido por cem anos.

Porém, essa não era uma história diferente? A Bela Adormecida?

Lumikki sentiu que afundava na cama, para dentro de sua maciez, escorregando através do colchão como se atravessasse camadas de nuvens, e voasse.

[4] Em sueco, "querida". (N.E.)

Epílogo

quatro meses depois

No cartão, havia uma foto em preto e branco de um homem musculoso nu segurando um gatinho em um local estratégico. Lumikki nem precisou virar o cartão para adivinhar de quem viera.

Ei, menina!

Está tudo bem aqui. A mamãe não está tão nervosa quanto antes e eu agora durmo à noite sem acordar toda hora, tampouco fico olhando para trás de mim mesma toda hora, agora quando caminho pela rua. Tem sido bom para mim ter um tempo livre longe de tudo. Vou me inscrever na escola de cosmetologia daqui. Se eu entrar, começo no outono. Tenho quase certeza de que vai ser a minha praia.

Jenna

P.S.: Já me acostumei com meu nome novo. Não me viro mais quando alguém grita meu antigo nome na rua nem nada.

P.S. 2: Não fui ver o papai. Talvez um dia. Ainda não consigo lidar com isso. Tenho certeza de que você entende. Nem consigo escrever nada sobre isso sem começar a chorar.

P.S. 3: Eu tricotei umas luvas para você. Elas irão pelo correio depois. Desculpe por ter levado um tempo. Está muito tarde para você precisar delas agora, mas vai tê-las no próximo outono.

Lumikki sorriu. Ela olhou para fora da janela. Elisa, ou, bem, Jenna agora, estava certa. Já era final de junho e estava escandalosamente quente. Tudo era florido e radiante.

Era bom saber que ela estava bem. Seu pai fora para a cadeia, junto com Boris Sokolov. Eles haviam sido processados com uma velocidade incomum. O departamento de polícia estivera ansioso para acabar com aquilo o mais rápido possível e poder começar a limpar sua imagem. Os dois tinham recebido sentenças longas. O comparsa esloveno de Sokolov, Linnart Kask, também fora mandado para a prisão. Elisa e a mãe haviam se mudado para outra parte do país e trocado de nome. Isso provavelmente era inteligente, devido às circunstâncias. Elisa jurara para os Serviços de Proteção à Criança que não usaria mais drogas. Lumikki acreditava nela. Elisa e a mãe teriam de encontrar um jeito completamente novo de viver suas vidas e ser uma família. Isso não era necessariamente de todo ruim.

A mão esquerda de Lumikki gravitou até o cabelo cortado na sua nuca. Ela ainda não estava acostumada com um penteado tão curto, embora a sensação fosse mesmo libertadora. Assim que as raízes loiras haviam ficado óbvias sob seu chanel tingido de preto, ela tomara a decisão. Uma espiral sem fim de tintura nos cabelos não era atraente, e ela odiava a forma como a combinação de pele clara e cabelos escuros chamava atenção para o seu nome. Assim, seriam cabelos supercurtos e cor natural. Ela também gostava da simplicidade do estilo.

A verdade era que parecia mais seguro ver uma menina completamente diferente olhando para ela do espelho do que uma que fora à festa do Urso Polar. Não que ela tivesse medo de verdade de alguém da festa reconhecê-la na rua. As pessoas eram surpreendentemente cegas quando as imagens eram retiradas dos contextos originais. Já que ninguém poderia imaginar que uma menina sem maquiagem, vagando pela rua com coturnos velhos e uma jaqueta militar verde, pudesse um dia ter estado em uma festa da alta classe, a conclusão era óbvia: ela não estivera lá. A mente humana é assim tão simples. Estúpida, na verdade, mas era muito vantajoso para ela.

Durante os dois meses anteriores, Elisa/Jenna já mandara cartões para Lumikki algumas vezes. Lumikki os guardava sob o fundo falso da gaveta de cima da cômoda do seu antigo quarto.

Sim, ela estava morando em casa de novo. Ou seja, em Riihimäki, na casa onde crescera. Depois dos eventos do inverno, a polícia a havia interrogado primeiro e seus pais, depois. Ela contara para todos apenas o mínimo possível. Seus pais haviam insistido que ela voltasse para casa "pelo menos por enquanto". Lumikki tolerou aquilo, embora seu antigo quarto estivesse muito cheio do passado e parecesse tão pequeno. Ela ia para a escola em Tampere de trem, mesmo que isso significasse acordar em um horário desumano.

Por enquanto.

Lumikki esperava conseguir convencer os pais ao longo do verão de que era seguro ela morar sozinha em Tampere de novo.

Ninguém na escola olhava para ela de um jeito estranho porque ninguém sabia. Kasper e Tuukka haviam sido expulsos depois de a notícia sobre o uso de drogas deles e a invasão à escola vir à tona. Tudo fora resolvido com o máximo de discrição possível. Havia rumores pela escola, é claro, mas ninguém sabia que deveria ligar

Lumikki a eles. Alguns dos rumores eram bastante malucos, mas nenhum chegava nem perto da insanidade da verdade.

Terho Väisänen estava na prisão. Boris Sokolov estava na prisão. O Urso Polar não estava. Não estavam.

Lumikki ficara de boca fechada quanto a elas nos seus interrogatórios. Sabia que, se falasse, só estaria se machucando. Não tinha nenhuma prova de que as gêmeas estivessem envolvidas em algo ilegal. Ela, na verdade, não sabia nada sobre elas.

E a polícia não perguntou. O local da festa estava no nome de Boris Sokolov e todo o resto passava por ele também. Oficialmente, não havia Urso Polar. Ninguém nunca o vira ou ouvira falar dele, dela ou delas.

Lumikki acariciou despreocupada a borda do cartão. Estranho que Elisa preferisse mandar cartões a escrever e-mails. Esse era outro defeito na imagem brilhante dela, uma aberração que, para sua própria surpresa, fazia Lumikki valorizar de verdade a amizade da menina. Ela pensou em Elisa quando pintou uma pequenina rosa cor-de-rosa no canto inferior do seu quadro *Amigas*. Não seria possível reparar a menos que se olhasse bem de perto.

Ela colocou o cartão com os outros. Sob a gaveta da cômoda, também havia um envelope que ela recebera logo depois de chegar do hospital à sua casa. Dentro, havia duas notas de quinhentos euros. Mil euros. Era uma parte tão pequena dos trinta mil que ninguém daria falta. Ela não sabia se Elisa, Tuukka e Kasper haviam escondido mais. Ela nem queria saber.

Mil euros era segredo suficiente.

Lumikki estava acostumada a ter segredos. Sempre os tivera, às vezes grandes, às vezes pequenos. Fechando a gaveta da cômoda, imaginou que também estava deixando de lado outros segredos que ela não tinha evidências para provar.

O Urso Polar e o fato de que ela as conhecera.

Anna-Sofia e Vanessa e o que elas haviam feito com Lumikki durante o ensino fundamental.

A pessoa importante que mamãe e papai tinham perdido, mas sobre quem ela não conseguira criar coragem para perguntar. Uma casa mobiliada com tabus não se pode começar a redecorar como se isso não fosse nada.

E mais um segredo. Aquele cuja foto Lumikki segurava agora. É claro, uma fotografia era evidência física de que a pessoa nela era real, mas nada provava que Lumikki o amara. Que ele amara Lumikki. Se amara. Lumikki queria acreditar que sim.

Ela acariciou a foto cuidadosamente com o polegar. Cabelo curto, castanho-claro que matizava do tom de trigo ao de avelã. Uma bochecha, um ombro, um braço. Cativada mais uma vez por aqueles olhos tão azuis que fazem a pessoa pensar em um *husky* de raça pura. Algumas pessoas achavam que aqueles olhos eram penetrantes, desdenhosos. Lumikki via mais profundamente. Ela via o calor, a incerteza, a alegria, a luz.

A saudade apertou seu estômago com uma força impressionante. Lumikki pensou que teria diminuído a essa altura. Ela estava tão errada quanto era possível estar.

O nome já estava formigando em seus lábios. O nome que ela sussurrara e gritara. Ela ainda não tinha superado. Ela não estava pronta para seguir em frente assim. Não agora, talvez nunca.

Lumikki trancou a gaveta, embora soubesse que não havia perigo. Segurou a chave pequena e desbotada. Ela reluziu, mas pouco. Era simples e discreta.

Era uma vez uma pequena chave que podia entrar em qualquer fechadura.

Contos de fadas não começam assim. É assim que outras histórias, mais felizes, começam.

Agradecimentos

Eu gostaria de expressar um agradecimento especial para estas quatro pessoas, sem as quais *Vermelho como o sangue* não seria o livro que é agora.

Meu marido, Karo, que elogiou, apoiou e questionou na quantidade exatamente certa e nos momentos exatamente certos. Seus comentários, sacadas e pedidos de esclarecimento me ajudaram demais em cada estágio do processo de escrita.

Minhas editoras, Sanna e Saara, da Tammi, por acreditarem na minha ideia desde o início e me encorajarem como escritora. Trabalhar com profissionais de editoração tão calorosas e inteligentes foi um grande prazer.

Minha amiga e colega escritora Siri, por suportar meus ataques de insegurança e me ajudar a confiar que minhas asas me fariam voar.